U0737073

散文安徽

本丛书入选安徽省文化强省建设专项资金项目

何冰凌　胡功胜　编著

品读·文化安徽

合肥工业大学出版社

图书在版编目(CIP)数据

散文安徽/何冰凌,胡功胜编著 . —合肥:合肥工业大学出版社,2016.11
(品读·文化安徽丛书)
ISBN 978－7－5650－3060－4

Ⅰ.①散…　Ⅱ.①何…②胡…　Ⅲ.①古典散文—散文集—中国　Ⅳ.①I262

中国版本图书馆 CIP 数据核字(2016)第 277271 号

散文安徽

何冰凌　胡功胜　编著

责任编辑	章　建　张　燕	
出版发行	合肥工业大学出版社	
地　　址	(230009)合肥市屯溪路 193 号	
网　　址	www. hfutpress. com. cn	
电　　话	总　编　室:0551－62903038	
	市场营销部:0551－62903198	
开　　本	710 毫米×1010 毫米　1/16	
印　　张	11.25	
字　　数	170 千字	
版　　次	2016 年 11 月第 1 版	
印　　次	2016 年 11 月第 1 次印刷	
印　　刷	安徽联众印刷有限公司	
书　　号	ISBN 978－7－5650－3060－4	
定　　价	36.00 元	

如果有影响阅读的印装质量问题,请与出版社市场营销部联系调换。

前　言

　　品读文化安徽，第一步就是"品"，从字形上看，品由三个口组成，但这个口不是指嘴巴，而是指器皿——三个器皿叠放在一起，用来形容事物或物品众多。

　　那么，关于安徽的众多器皿中，主要又盛放着什么呢？

　　一个盛着酒，一个盛着茶，一个盛着诗。

　　酒，是一种凛冽而火热的液体；茶，是一种清雅而悠长的液体。它们是对于大自然的高度抽象，同时也融入了人工创造的高度智慧。安徽既出名酒，又出名茶，这从一个侧面也体现了大自然对这块土地的垂青和爱怜，而生活在这块土地上的人们，把对于大自然的汲取和感恩，化作了丰美的生活浆液和丰盈的文化积淀。

　　从酒上面，能看到安徽的北方，看到一望无垠的平原，看到沉甸甸的金色收获，看到农夫晶莹的汗珠；更远一点的，还能看到大禹治水遗迹、安丰塘、江淮漕运等等伟大的水利工程，还能感受到花鼓灯的热烈、拉魂腔的高亢和花戏楼上载歌载舞的酣畅……

　　从茶上面，能看到安徽的南方，看到草木葱茏的丘陵，看到朦朦胧胧的如梦春雾，看到农妇藕白的巧手；更远一点的，还能看到粉墙黛瓦，看到那些像诗一样优美的民居建筑，感受到贵池傩舞的神秘、徽剧声腔的精致和黄梅戏的婉转……

　　这些土地、这些物产，又怎能不吸引诗人呢？

　　于是曹操、曹植来了，嵇康、谢朓来了，李白、杜牧、刘禹锡来了，欧阳修、王安石、苏东坡来了，梅尧臣、姜夔、徐霞客来了……如果有心，可以绘制一幅安徽诗歌地图，定格一座座在中国诗歌史上意义显赫的风景重镇：

教弩台、敬亭山、浮山、齐云山、褒禅山、秋浦河、采石矶、杏花村、陋室、颍州西湖、醉翁亭、赤阑桥……那些被歌咏过的一山一水、一草一木，都闪烁着别样的光芒。

诗是灵魂的高蹈和想象力的释放，张扬的是一种逍遥洒脱的个性。诗人们是近于道家的，嵇康和李白，干脆自认为老庄的传人。而老庄及其道家哲学，正是安徽这块土地上结出的思想文化硕果。

道家太出世，则需要入世的儒家来中和。从经世致用的角度说，儒家思想，往往是一股"天行健，君子以自强不息"的正能量。

管仲和孙叔敖，出自安徽的春秋两大名相，他们的政治实践，给了同时代的孔子极大的影响；战国时的甘罗和秦末汉初的范增、张良，以其超凡的智慧与谋略，成为后世文臣的标杆；三国时的周瑜、鲁肃和南宋时的虞允文，分别因为赤壁大战和采石矶大捷而一战成名，他们是敢于赴汤蹈火的书生，也是运筹帷幄的儒将；两宋时期，程朱理学从徽州的青山绿水间兴起，最后成为几个朝代的官方思想和意识形态；明清之际，儒医和儒商，几乎同时在徽州蔚为大观，从"不为良相，即为良医"的新安医学代表人物和诚信勤勉的徽商典范身上，我们能够感受到一股清朗上进的儒雅之风；到了风起云涌的近代，李鸿章及其淮军将领，走的仍然是"儒生带兵"的路子，至少在其初期，洋溢着奋发有为的气概。李鸿章对于近代化孜孜不倦的追求，刘铭传对于祖国宝岛的守护和经营，段祺瑞对于共和政体的倾力捍卫，都是中国近代史上浓墨重彩的一笔……

酒、茶、诗、儒，是关于安徽的四大意象，也是安徽人精神的四个侧面，除此之外，安徽人的精神还包括什么呢？

显然，还包括勤劳、善良、淳朴、坚忍、进取等中华民族的诸项精神特质，还有最重要的一项就是——创新。

创新，从远古人类那时就开始了。最早的器物文明——和县猿人的骨制工具，最早的城市雏形——凌家滩，最早的村落——尉迟寺，等等，无不显示了先民的伟大创造。

创新，从司法鼻祖皋陶那里就开始了。他创造性地建构了中国古代最早的司法体系，最先开始弘扬"依法治国"的理念，而两千年后的北宋包拯，则承袭了这种朴素的法治精神。

创新，从大禹、管仲、孙叔敖、曹操、朱熹、朱元璋等政治家那里就开始了。大禹"堵不如疏"的崭新思路，是中国古代政治智慧中的重要因子；管仲的"仓廪实而知礼节"的先进思想，显示了他对于物质文明和精神文明的双重重视；孙叔敖关注民生的呕心沥血，曹操"唯才是举"的不拘一格，朱熹对于古代赈济体系的精心构筑，朱元璋对于封建制度的精心设计，也都开创了中国古代政治文明的新局面。

创新，也是文化巨擘的应有之义。从道家宗师老庄、理学宗师程朱，到近代现代哲学大师胡适、朱光潜；从率先融合儒释道三家的"睡仙"陈抟，到打通文理、博览百科的"狂生"方以智；从开创中国第一所"官办学校"的汉代教育家文翁，到现代平民教育的倡导者陶行知；从"建安风骨""魏晋风度""桐城派"这三大文学家群体，到吴敬梓、张恨水这两位小说家典范；从探索中国画白描技法的"宋画第一人"李公麟，到与齐白石齐名的新安画派代表人物黄宾虹；从开创近代书法和篆刻新风的邓石如，到现代雕塑大家刘开渠；从力促徽剧上升为国剧的程长庚，到黄梅戏表演艺术家严凤英；从巾帼不让须眉的近代女才子吕碧城，到洋溢着中西合璧气派的女画家潘玉良……没有"吾将上下而求索"的探索精神，也就没有他们那震古烁今的文化创造。

创新，同样是科技巨匠的立身之本。淮南王刘安对于豆腐的"点石成金"，神医华佗对于外科手术和麻醉术的开创，兽医鼻祖元亨兄弟对于兽医这门全新学科的开拓，还有程大位、方以智的数理演算，梅文鼎、戴震仰望星空的眼睛，包世臣、方观承理论与实践相结合的农学著作，两弹元勋邓稼先的非凡壮举……正是沿着前所未有的轨迹，这一颗颗闪耀的"科星"才飞升在天宇。

创新，还是物质文明的重要助推器。从朴拙无华的凌家滩玉器，到堂皇无比的楚大鼎；从恢宏厚重的汉画像石，到精美绝伦的徽州三雕；从文人推重的笔墨纸砚，到民间珍爱的竹器铁艺；从唇齿留芳的皖北面食，到咀嚼英华的徽式大菜；从花戏楼、振风塔、百岁宫等不朽建筑，到西递、宏村、查济的诗意栖居；从至今仍然发挥着作用的"天下第一塘"安丰塘，到永载新中国水利史册的佛子岭水库；从铜陵的青铜冶炼，到繁昌窑的炉火；从熙来攘往的芜湖米市，到造出中国第一台蒸汽机、第一艘轮船的安庆内军械所……正是因为集合了无数人的灵感和汗水，才孕育了这一件件小而美好的小设计、小发明、小物件，才诞生了这一项项大而堂皇的大工程、大构造和大器具。

创新，更是红色文化的闪亮旗帜。陈独秀的《安徽俗话报》，激情燃烧的鄂豫皖革命根据地，艰苦卓绝的皖南新四军，被称为"世界战争史奇迹"的千里跃进大别山，"靠人民小车推出胜利"的淮海战役……这些都展示了革命者的勇敢无畏和锐意进取，凝结了革命者的高度智慧，也奏出了时代精神的最强音。

创新，也是我们这个改革开放的火热时代的主旋律。小岗村的"大包干"实践，"人造太阳"托卡马克的建造，现代化大湖名城的横空出世，白色家电业和民族汽车工业的崛起，中国科技大学同步辐射、火灾科学、微尺度物质科学这三大国家级实验室中所孵化出的最新成果，都成为安徽通往经济大省、科技大省和文化大省的一步步坚实的台阶……

正是因为有了创新精神，安徽这块土地才没有辜负大自然的恩宠，才开出了艳丽无比的物质文明和精神文明之花，堪与大自然的鬼斧神工相媲美。

"品读·文化安徽"系列丛书，共20册。每册从一个方面或一个领域入手，共同描绘出安徽从古到今不断演化、不断创新、不断发展的巨幅长卷。这20册书摆在眼前，仿佛排开了一个个精美的器皿，里面闪烁的是睿智与深情，是天地的精华与文明的荣光。

请细心地品，静心地读，然后用心地思索：我们今天该有什么样的创造，才能够匹配这天地的精华，才能延续这文明的荣光？

本丛书在策划、编辑、出版的过程中，得到了省内外许多专家学者的关心和支持，在此对他们表示衷心的感谢。同时，本丛书的部分著作中的若干图片和资料来源于网络，未及向创作者申请授权，祈盼宽谅；恳请有关作者见书后与出版社联系，以便奉寄稿酬及样书。

编委会
2015年10月

目　　录

一、大道之行在无为

——老子散文

　　老子是中国春秋时期伟大的哲学家、思想家和文学家，其生卒年月及生平事迹已不可确考。据《史记·老子韩非列传》载："老子者，楚苦县（今河南鹿邑东）厉乡曲仁里人也。姓李，名耳，字聃，周守藏室之史（管理藏书的史官）也。"苦县在唐宋时期属亳州，清朝设涡阳县时划归涡阳，因此后人一般认为老子是亳州涡阳人，唐宋时的统治者常到亳州拜老子庙，便是明

老子塑像

证。孔子到周国去，曾问礼于老子，可知老子生活时代大约与孔子同时，或略早一些。老子不愿抛头露面、追逐名利，在周室内乱之时，他丢下官职，准备退隐山林。经过函谷关时，关令尹喜诚恳地请他著书。他便写下洋洋五千言的《老子》，后骑青牛扬长而去，莫知其所终。

《老子》今传本共 81 章，5000 余言，无标题，章与章之间也没有有机的联系。汉代以来，传世的《老子》各种版本都分上、下两篇，上篇称"道经"，下篇称"德经"，所以通常又称《老子》为《道德经》。《老子》是一部具有完整理论体系的哲学著作，举凡当时人们所关心的问题，文中几乎都有所涉及。它构建了以"道"为核心范畴的本体论哲学，所阐述的"道""德""有""无""太极""无极""自然""无为"等概念，成为中国传统哲学研究的主要范畴。《老子》一书不仅在思想史上十分重要，在文学史上也独树一帜。它析理精微，文辞精粹，语言富有理趣，讲究韵味，既有哲理特征，又有诗歌色彩。人们尽可以不同意他的观点，但不能不欣赏他的文采，不能不佩服他的艺术技巧。同时，《老子》上承《易经》，下启《庄子》，开创了一种与《论语》不同的思维表达方式。《论语》是用概括性的语言对经验性的结论做陈述，《老子》是用思辨性的语言对抽象性的哲理体验做表述。在以后的发展中，前者增强了实证性的逻辑论证，后者增强了思辨性的辩证推理，在中国议论文体的发展中，逐渐形成了两种基本的思维表达方式。

"文原于道"思想之源

"文"的本质是什么？它从何而来？这些问题千百年来一直为中外文学家们不断追问。从西方古老的"模仿说"到近代的"游戏说""巫术说""表现说"，从中国的"言志"到"缘情"，从"物感"到"心物交融"等等，而当这种追问上升到形而上的层面时，答案便常追溯到老子所说的"道"。

老子曾说，道为"万物之母"，"道生一，一生二，二生三，三生万物"（第 42 章）。明人张洪阳在其《道德经注解》中表示："自然为'道'，得'道'为'德'。自无生有，'道'也；从有返无，'德'也。"其中"从有返无"，可知"道"具有宇宙的本原、本体的属性；"自无生有"，可知"道"具有生成万有的功能。这也就是说，从本体论的角度看，"道"是天地的起源，是万物存在的根据，有本体论的含义。在认识论上，老子给予"道"以无限性。"天下万物生于有，有生于无"（第40章）。老子用"无"来表示"道"，即：道创生万物，为万物之母，但"道可道，非常道。名可名，非常名"（第1章），创生万物的道自己却无形无象，不为任何事物所生。也就是说，"道"是深深隐含于宇宙自然之中不可言说、无从表达的无限性本体。"道"正是因为超越了现象之域，使我们无法用语言文字来指称它，也难以归结为某种具体的对象，而只能是永恒、无限的真实存在。老子认为，"道""其中有象""其中有物""其中有精""其中有信"等，都是他对"道"实存性的进一步强调与说明。"道"不仅是创生万物的本源，而且还是事物运动的总原则、总秩序和总规律。

按照这一逻辑进一步推断，既然"道"是世界万物的本原，自然也是万物之一的"文"的本原。稍晚于老子的韩非在对老子思想进行阐释的《解老》篇中说：

> 道者，万物之所然也……天得之以高，地得之以藏，维斗得之以成其威，日月得之以恒其光，五常得之以常其位，列星得之以端其行，四时得之以御其变气，轩辕得之以擅四方，赤松得之与天地统，圣人得之以成文章。

韩非在这里指出了老子之"道"是"万物之所然"，而这个"万物"便包括了"文章"在内。刘勰在《文心雕龙·原道》篇中，对"文原于道"这一命题进行了详细剖析。从《原道》的论述中，我们可以了解"道"为"文之原"的基本逻辑：作为"万物之母"的"道"，由"生一"直至生万物，而由道生成的自然万物的"形"与"象"可以说是宇宙之道的具体显现，这可称为"道之文"；自人类出现以后，在社会生产实践活动中，通过对"道之文"的模拟，逐步形成各种文化现象，这些人类文化现象可称为"人之文"；随着人类文明的不断发展，人们发明了文字，从而开始对人类社会中的各种文化现象进行符号化活动，并最终形成我们所说的文章或者文学，这可称为"言之文"。这一逻辑简言之，即"言之文"（文章或文学）源于"人之文"，"人之文"源于"道之文"，而"道之文"则源于"道"，所以我们说"文原于道"。从这一逻辑可以看出，老子之"道"是"文"之本原，"文"是对

"道"的具体显现和描摹。这一思想对中国古代文艺理论有着深远的影响，将"道"视为文之根本成为后世文人的普遍看法。"文原于道"便成为中国古代文艺理论的一个重要命题和学术传统。

虚静无为的审美意境

"虚静"是老庄美学中的一个核心范畴。在老子看来，"虚"是生命的本原状态，"静"是生命的存在形态。

致虚极，守静笃。万物并作，吾以观其复。夫物芸芸，各复归其根。归根曰静，静曰复命。复命曰常，知常曰明。（第16章）

这就是老子虚静观的宣言，也是对"道"的认识的必要心理基础。老子的"道"是不能用语言和概念来把握的，而只是最高本体的一种感悟式的显现。这里所谓"观其复"，就是从万物的纷纭变化中观其"始"与"根"，复归到它的本真状态。老子认为，要认识和顺应天道自然必须恢复本性，立足主体自身的根源，追求心灵的虚寂，保持静观，在这种状态中，洞察万物的蓬勃生机与变换。老子曾经提出"五色令人目盲，五音令人耳聋，五味令人

老子休闲图

口爽"（第12章），"信言不美，美言不信；善者不辩，辩者不善"（第81章）等观点，就是追求一种完全摒弃人为而合乎天然的美和"与道合一"的审美境界。他认为，行道的圣人，正是"道法自然"，顺应天机，如初生的婴儿无知无欲，懵懵懂懂，游离于尘世功名之外，处于一种深邃幽远的虚静之中。

这种虚静作为一种审美境界，在老子"大音希声，大象无形"（第41章）的观点中表现得尤为突出。所谓"大音"，明薛蕙《老子集解》曰："大音者，乐音之本，反寂寞而无声。"所谓"希"，老子曰："听之不闻名曰希。"（第14章）因此，"大音希声"便是指最根本的音乐，是蕴蓄宏深、自然完美之音。它混沌缥缈，莫辨宫商，达到高度和谐，以至闻者不能听清，仿佛无声一般。所谓"大象"，即"道"之象，之所以"无形"，正因为"道"的存在无形无状，"视之不见，听之不闻，不可为状"（《吕氏春秋·大乐篇》）。在老子看来，真正的"大音""大象"听之不见其声，视之不见其形，搏之不可得；它不显光亮、不显阴暗，渺渺茫茫。它们是"音"之本、"象"之本，其实也就是"道"之本。正因为"道"是"无状之状，无物之象"（第14章），是"万物之母"，具体的"状"和"象"都是由它派生出来的。所以，"无声"为"有声"之母，"无形"是"有形"之母。"大音希声，大象无形"是一切艺术和美的最高境界，达到这种境界，实际上已经进入了"道"的境界。这一境界没有任何人为痕迹与作用，而是与"道"合一，自然而然。

老子开创的这种虚静无为的审美境界，影响十分深远，它是一个"有无相生"的完美境界，它含有无穷妙趣，使人体会不尽，给人以丰富的想象余地，这实际上就是中国古代艺术意境的主要特征。古代文论中所谓"不著一字，尽得风流"（司空图《二十四诗品》）、"言有尽而意无穷"（严羽《沧浪诗话》）等观点，都深受老子所倡导的这种审美境界的启发。后代一切空灵蕴藉、平淡隽永的诗歌和散文，都可以在老子所开创的审美境界中找到它的心理根基和美学源头。

针砭现实的批判精神

老子生活在奴隶制向封建制转变的春秋时期，这个时期社会矛盾激化，社会秩序遭到严重破坏，人们的欲望特别是统治者的占有欲空前疯狂。面对这种动荡不安和物欲横流的社会现实，老子提出了尖锐的批判：

师之所处，荆棘生焉。大军之后，必有凶年。（第30章）

天下多忌讳，而民弥贫；人多利器，国家滋昏；人多伎巧，奇物滋起；法令滋彰，盗贼多有。（第57章）

民之饥，以其上食税之多，是以饥；民之难治，以其上之有为，是以难治；民之轻死，以其上求生之厚，是以轻死。（第75章）

民不畏死，奈何以死惧之？若使民常畏死，而为奇者，吾得执而杀之，孰敢？（第74章）

这些文字道尽了春秋末年社会动荡不安、兼并战争激烈残酷的社会现实及其悲惨的后果。同时，老子还认为人民遭受饥饿，是因为统治者吞食赋税太多；人民难于统治，是因为统治者强作妄为；人民不把死当一回事，是因为统治者生活太奢侈，人民走投无路了。这就深刻地指出了剥削与高压统治是政治祸乱的根本原因。老子还把这种分析上升到一个更高的层次：

天之道，损有余而补不足。人之道，则不然，损不足以奉有余。（第77章）

自然的规律是减少有余的一方用来补充不足的一方，社会的法则却是剥夺不足的一方用来供奉有余的一方。老子将自然的规律与社会的法则对比，反映了他对当时弱肉强食的社会现实有着清醒而深刻的认识和批判。

老子表达他的看法一般都是直抒胸臆，愤慨之情溢于言表。如：

朝甚除，田甚芜，仓甚虚；服文绦，带利剑，厌饮食，财货有余：是谓盗夸。非道也哉！（第53章）

这是一幅对比鲜明的社会生活图景。一方面，统治阶级过着奢侈的生活，居住在整洁华美的宫室，穿着锦绣衣裳，佩带锋利的宝剑，饱食精美的饮食，聚敛足余的财货；一方面，老百姓却为农田荒芜所困，为仓廪空虚所苦，陷于饥饿的边缘。老子怒斥如此这般的统治阶级为"盗夸"（强盗头子），最后一句"非道也哉"更是不加掩饰地宣泄了他满腔的愤世情绪。

变化多端的行文技巧

《老子》一书的行文表述具有很强的逻辑性。全书81章，每章都围绕着一个中心加以简要论述。书中许多命题的论证，有的是采取从个别到一般的归纳法，有的是从一般到个别的演绎法，精警凝练，言简意赅，处处闪烁着智慧之光。还有的是层层推进的方法，如第66章："江海所以能为百谷王者，以其善下之，故能为百谷王。是以圣人欲上民，必以言下之；欲先民，必以身后之。是以圣人处上而民不重，处前而民不害。足以天下乐推而不厌。以其不争，故天下莫能与之争。"这段话极富哲理，老子以"水往低处流"、江海能汇百川的自然现象推衍到"上民必先下之"的政治原则，再说圣人这样做的效果，然后上升到哲理，总结出唯"不争"故"莫能与之争"的规律。再如第67章："我有三宝，持而保之。一曰慈，二曰俭，三曰不敢为天下先。慈，故能勇；俭，故能广；不敢为天下先，故能成器长。今舍慈且勇，舍俭且广，舍后且先，死矣。"前两句是总括，接着分述"三宝"，然后逐条分析其作用，最后的结论是舍三宝而用其反必然失败。

老子善用具体的形象描述抽象而深奥的哲理。"无为"是老子最重要的哲学范畴，但老子是用通俗形象的描述，非常具体地提出了用"无为"思想治理社会的措施和原则：

不尚贤，使民不争；不贵难得之货，使民不为盗；不见可欲，使民心不乱。是以圣人之治，虚其心，实其腹，弱其志，强其骨，常使民无知无欲，使夫知者不敢为也。为无为，则无不治。（第3章）

这就是"无为而治"。在第80章中，老子更是形象具体地描述了一个理想的王国，阐述了他美妙的政治理想，即"乌托邦"的幻想：

小国寡民。使有什伯之器而不用，使民至死而不远徙。虽有舟舆，无所乘之；虽有甲兵，无所陈之。使民复结绳而用之。甘其食，美其服，安其居，乐其俗。邻国相望，鸡犬之声相闻，民至老死不相往来。

这一社会构想虽一直因其保守退化为后人诟病，但它抒发了一种时代的情绪，构筑了一个农业发达和人际关系净化的理想社会。而且，《老子》全书多数篇章是在讲用"道"治理社会的问题，只有本章才拿出一个整体方案，但又不侧重讲治理过程、具体措施，而是侧重讲整体方案实施后的万千景象，这种超越性想象也实属难能可贵。

老子善于观察自然和社会现象，常从具体事物中概括出抽象的哲理，赋予理论以形象色彩，使人感到鲜明生动而又雄辩有力。如：

故飘风不终朝，骤雨不终日。孰为此者？天地。天地尚不能长久，而况于人乎？（第 23 章）

上善若水。水善利万物而不争，处众人之所恶，故几于道。（第 8 章）

江海所以能为百谷王者，以其善下之，故能为百谷王。（第 66 章）

人之生也柔弱，其死也坚强。草木之生也柔脆，其死也枯槁。故坚强者死之徒，柔弱者生之徒。是以兵强则不胜，木强则兵。强大处下，柔弱处上。（第 76 章）

在具体的修辞运用上，老子长于比喻，从较具体的现象表达抽象深奥的道理。例如，《老子》论"道"常从水得到启发，水是老子喻理的典型形象：

天下莫柔弱于水，而攻坚强者莫之能胜。（第 78 章）

老子观水以比德，用水性来比喻上善者的人格。通过赞美水，说明上善者所应具有的品格，阐发了处下求上、以柔克刚的道理。再如：

三十辐共一毂，当其无，有车之用。埏埴以为器，当其无，有器之用。凿户牖以为室，当其无，有室之用。故有之以为利，无之以为用。（第 11 章）

合抱之木，生于毫末；九层之台，起于累土；千里之行，始于足下。（第 64 章）

这里，老子由造车、制陶和筑室等现象引出"无"的重要性。"有"构成的是物体的基本形态，"无"发挥的是物体的实际效用。通过对"有"和"无"这对哲学范畴对立统一的阐述，老子揭示了世界上万物形态及其相互作用之间的关系。老子连用三个例子，喻理深刻而雄辩。在下一个例句中，木长合抱之粗，台累九层之高，人行千里之远，都是生活中可感触到的现象，通过描述它们，以简单的事物说明了深刻的道理：凡事从小成大，由近及远。喻理生动且耐人寻味。

老子为了增强行文气势和说理效果，一个重要的手法就是大量使用骈偶和排比。骈偶句式言简意赅，形式工整醒目，读之有着和谐动听的音乐美感。层出不穷的排比句式，更是增添了语言的气势，使得思想的表达深刻而雄辩。诸如：

人之生也柔弱，其死也坚强。草木之生也柔脆，其死也枯槁。（第76章）

居善地，心善渊，与善仁，言善信，政善治，事善能，动善时。（第8章）

绝圣弃智，民利百倍；绝仁弃义，民复孝慈；绝巧弃利，盗贼无有。（第19章）

将欲歙之，必固张之；将欲弱之，必固强之；将欲废之，必固兴之；将欲取之，必固与之。（第36章）

知其雄，守其雌，为天下豀；为天下豀，常德不离，复归于婴儿。知其白，守其黑，为天下式。为天下式，常德不忒，复归于无极。知其荣，守其辱，为天下谷；为天下谷，常德乃足，复归于朴。（第28章）

在形式的探索上，老子的另一个重要贡献是创造了一种散、韵结合的语言形式。《论语》言近旨远、词约义丰的说理和形象隽永的语言，使它成为先秦说理文的主要形态。《老子》则以韵文为主、韵散结合的形式，成为先秦说理文的另一种形态。其特点是文多用韵，多排比对句。《老子》中的句子大体整齐而富于变化，自然成韵，不拘一格。有的整章用韵，韵脚随句意和节奏灵动自然地变换，读起来有一种适意和谐、朗朗上口的音乐美；有的散韵相间，错落有致，流畅舒适，读起来给人一种语重心长而又自由随便的感觉。《老子》的用韵丰富多彩，不拘一格。诸如：

众人熙熙，如享太牢，如登春台；我独泊兮，其未兆，如婴儿之未孩；儽儽兮若无所归。众人皆有余，而我独若遗。……俗人昭昭，我独昏昏；俗人察察，我独闷闷。澹兮其若海，飂兮若无止。众人皆有以，而我独顽且鄙。（第20章）

全章四转韵，读之和谐悦耳，极富抒情性。

是以圣之人之治，虚其心，实其腹，弱其志，强其骨。（第3章）

此句二转韵，节奏短促，语义精练警策。

昔之得一者：天得一以清，地得一以宁，神得一以灵，谷得一以盈，万物得一以生，侯王得一以为天下正。

天无以清，将恐裂；地无以宁，将恐废；神无以灵，将恐歇；谷无以盈，将恐竭；万物无以生，将恐灭；侯王无以正，将恐蹶。（第39章）

两个长句中，各分叙天、地、神、谷、万物、侯王的分句，句句押韵，节奏铿锵，富于音韵美，从而加强了排比行文的气势和条分缕析的力度。

《老子》这种散韵结合的文体，运用了当时南北文学中的各类文句形式和修辞手法，同时还自由通脱、灵活多变地融合了当时南北诗韵，通过这种别具一格的用语和用韵，使语言的概括力和表现力大为提高。《老子》能传之久远，是同它既富于文采又合于音韵的特色分不开的。《老子》其文多"对字协韵"而又押韵自由、文句多变，兼有散文体与韵文体两种特征，后人称之为"哲理散文诗"或"诗化散文"。《老子》的这一文体特性，宣告了韵语向韵文的过渡，即口头文学向书面文学的转化完成，这在中国先秦文学史上具有里程碑式的意义。

参考文献：

1. 郭预衡：《中国散文史》，上海古籍出版社2000年版。
2. 袁行霈：《中国文学史》，高等教育出版社1999年版。
3. 李艳：《中国古代散文史》，青岛出版社2007年版。

二、天人合一逍遥游

——庄子散文

　　庄子（约前375—前300），名周，宋国蒙（今安徽蒙城）人。庄子与齐宣王、魏惠王处同时代，与惠施为友。他曾做过蒙地漆园小吏，但不久辞去。楚威王闻境内庄周是有学识而贤德的人，就遣使备千金厚礼前来漆园，请庄子为楚国宰相。使者言明楚王许以为相的旨意后，庄子笑谓楚使说："千金可算是重礼了，相位可谓尊贵至上。可是，你没见祭祀时的牛吗？人们把牛喂养肥了，祭祀时披红挂彩，还不是牵到太庙杀了做祭品？我宁愿在淡泊无为中度日，不去做牺牛。"庄子在谈笑中"喻牛辞相"，终未为楚国宰相。庄子脱离仕途，靠编草鞋糊口，糁汤野菜，过着隐居生活。庄子晚年常垂钓于濮水（今城南芡河）、涡水（今安徽涡河），游于濠梁（今安徽凤阳临淮城西南）观鱼，与鱼鸟共乐，甘于清静闲居的生活。

　　庄子不但是中国哲学史上一位著名的思想家，也是中国文学史上一位杰出的文学家，在思想史、文学史上都有极其重要的地位。庄周一生著书10余万言，书名《庄子》。这部文献的出现，标志着战国时代的哲学思想和文学语言，已经发展到一个非常玄远、高深的水平。唐天宝元年（742），玄宗皇帝颁布诏书，赐号庄子为"南华真人"，称其书曰《南华真经》。鲁迅先生在《汉文学史纲要》中称赞说："其文则汪洋辟阖，仪态万方，晚周诸子之作，莫能先也。"郭沫若也在《鲁迅与庄子》中认为："秦汉以来的一部文学史，差不多大半是在他的影响下发生的。"在先秦文坛上，对散文艺术的开拓首推屈原和庄子二人。中国文学史常把《庄子》和《离骚》并列，它们共同开创了荆楚文学的浪漫主义风格，成为一代散文的灵魂。而且，《庄子》与《孟子》一庄一谐，成为中国文化史上的两座高峰，也是中国文学的两种风格的主要源头。

庄子散文的艺术成就在先秦诸子散文中是最高的。他善于行文措辞、描摹事物的情态，语言汪洋恣肆，随心而发。他的文章想象奇幻，富于浪漫，文辞富丽，气势磅礴，具有很强的感染力。

庄 子

意境理论的重要源头

进入庄子的散文世界，首先要理解"道"与"言"的关系问题。对两者关系的理解，庄子与老子的态度基本一致，他们都认为，道不可言，言不及道，言与道之间是相离、相悖的关系。庄子在《知北游》中说："道不可闻，闻而非也；道不可见，见而非也；道不可言，言而非也。知形形之不形乎！道不当名。"在《齐物论》中也说："夫大道不称，大辩不言……道昭而不道，言辩而不及。"其意思都是，道不可言，言不及道，"道"一旦被明确"道"出，"道"便不再是"道"了。对庄子来说，道不可言，不仅由于"名"是一种"人为"的造作，还由于"名"意味着一种"有形"的"切割"，它与混沌无形的"道"不相符合。在庄子看来，"名"是与"形"相当的，"名""形"和"声""色"属于同一个层次，都是形而下的东西，而形而下的"名"和"言"是无法谈论形而上的"道"的。

道不可言，又不得不言。既然不能废弃语言，只有在言语方式上下功夫，以解决道与言的悖论。道不可言的原因在于"道"自然无为、混沌无形；"名"有心有为，有形有分，而要突破道不可言的困境，庄子认为一是要破除名言的人为性，使之成为自然的、无心的语言；二是要破除名言的区分性，使之成为混整的语言。这种自然语言、无心之言，就是"无言"。这种破除了名言概念区分性的混整性语言，就是"象"化语言。由此，庄子突破道言困境的基本出路有两条：一是以"无言"的方式言，一是以"象"的方式言。

庄子所谓"无言"，并非让人彻底缄默。庄子"不言"的最高含义，是只以目视，不用口说，因为"目击而道存矣，亦不可以容声矣"（《田子方》）。它让人抛弃一切人为语言的羁绊，只在眼睛的观看中，达到与天地之境的直接相合。"言无言"的理想方式就是以"卮言"说。庄子说："卮言日出，和以天倪，因以曼衍，所以穷年。"（《寓言》）所谓"天倪"，就是"自然的分际"；"曼衍"就是"无心"；所谓"卮言"，也就是因随着事物的变化，合于自然的分际的无心之言。以这种"卮言"言说，表面上是人在说，实际上是事物本身在说，是自然在说，是道在说，也是"语言在说"。"卮言"之言，合于天道，玄同万物之间的人为差别，消泯道言之间、物我之间的人为界限，在日出日新的日常言说中，引领人进入大道的无限广阔而自由的境界。这一点对艺术意境的视觉化、追求"言外之意"具有直接的意义。

道家"象"化的言语方式，为老子所开创，为庄子所发展。《庄子·天地》篇有这样一则寓言：

黄帝游乎赤水之北，登乎昆仑之丘而南望。还归，遗其玄珠。使知索之而不得，使离朱索之而不得，使喫诟索之而不得也。乃使象罔，象罔得之。黄帝曰："异哉！象罔乃可以得之乎？"

这里"玄珠"喻指"玄妙之道"。"离朱"即"目"，它意味着"有形"；"知"即"致诘"，它意味着"有分"；"诟"即"言辩"，它意味着"有名"。玄妙之道，混沌无形，有形有分有名的"离朱""知""诟"，自然是无法得到它的。"乃使象罔，象罔得之"，因为"象罔"的特征正好是与"离朱""知""诟"所意味的东西相对的。如果说"离朱""知""诟"意味着"有形有分有名"的话，而"象罔"则意味着"无形无名无分"，它恍恍惚惚，混混沌沌，与大道相同。从"象罔"的这些特征来看，庄子的"象罔"实际上是与老子的"大象"相通的。老子之"道"虽不可"名"，但"可象"。与此相类似，庄子"象罔"得道的故事同样说明了庄子之道虽然不能以纯粹的感官来把握，不能以区分性的知性思维来辩解，不能以有形有分的名言概念来获得，但可以通过混沌无形、恍惚不定的"象罔"来达到的。"象"作为庄子达道的又一方式，在这里也是为解决道言悖论而存在的。

不过，庄子认为人们通过"象"来达到"道"，但不能过于执着于象。得意、得道的目的一旦达到，"言"与"象"就像"蹄"与"筌"那样可以放在一边，亦即所谓"筌者所以在鱼，得鱼而忘筌；蹄者所以在兔，得兔而忘蹄；言者所以在意，得意而忘言"（《外物》）。玄学家王弼在充分肯定"立象尽意"（"象"能尽"意"）的基础上，又把庄子"忘言""忘象"的意思进一步发展，提出了"得意在忘象，得象在忘言"。这样一来，从庄子"道不可言""言不尽意（道）""立象尽意（道）"之中，就自然而然地引申出"境生象外"的命题来。由此可见，中国诗学中"意境"范畴与庄子的言象之说有着深刻的内在联系。

意出尘外的浪漫想象

由于庄子视野极为广阔，有超越的精神和态度，加上丰富的想象力和高超的语言驾驭能力，所以宇宙内外的万事万物均集拢于其笔端，凭其意之所适，或论或议，或譬或寓，或庄或谐，潇洒飘逸，恣肆放诞，妙趣横生。李白曾赞叹庄子的文章"吐峥嵘之高论，开浩荡之奇言"（《大鹏赋》），清人刘熙载在《艺概·文概》中称赞庄子的文章"意出尘外，怪生笔端"，精确道出了庄子文章奇伟超拔的特征。

我们读庄子的文章就会发现，庄子刻画现实、反映现实，不是描写他眼睛所看到的现实情景，而是从对现实的否定立场出发，描写自己的追求，编织自己的幻想。庄子的想象大胆奇特、丰富多彩，笔触挥洒自如，意境恢宏壮阔，表现出纵横跌宕、浩渺奇警的文学风格，创造了光怪陆离、波谲云诡的艺术世界，庄子也因此成为中国文学史上最早的浪漫主义作家之一。

《逍遥游》是《庄子》一书中最富有浪漫主义色彩的文章。在这篇文章里，庄子借助于一系列虚构的故事和形象，否定了有所待的自由，创造了一个无所待的绝对自由的境界。文章开始先幻化出大鹏的形象，它"水击三千里，抟扶摇而上者九万里"，说明没有绝对自由。接着列举野马与尘埃、蜩与学鸠、朝菌与蟪蛄等一系列的比喻、寓言，最后说到彭祖众人，然后"重言"

以实之，认为大小虽不相同却都得有所凭借，即如列子御风而行，充其量也超不过大鹏，也不能自由。一连串的比喻，大中有小，比中有比，其想象之丰富、夸张之奇诞，都达到了惊人的地步。此外，庄子还喜欢采用形象化的寓言、拟人化的设譬来表达自己的思想观点，《逍遥游》中，他创造了一个奇异的神人形象并将其具体化，指出"无为"是达到无所待的绝对自由境界的途径：

肩吾问于连叔曰："吾闻言于接舆，大而无当，往而不返。吾惊怖其言。犹河汉而无极也；大有迳庭，不近人情焉。"连叔曰："其言谓何哉？"曰："藐姑射之山，有神人居焉。肌肤若冰雪，淖约若处子，不食五谷，吸风饮露；乘云气，御飞龙，而游乎四海之外；其神凝，使物不疵疠而年谷熟。吾以是狂而不信也。"连叔曰："然。瞽者无以与乎文章之观，聋者无以与乎钟鼓之声。岂唯形骸有聋盲哉？夫知亦有之！是其言也，犹时女也。之人也，之德也，将旁礴万物以为一，世蕲乎乱，孰弊弊焉以天下为事！之人也，物莫之伤：大浸稽天而不溺，大旱金石流，土山焦而不热。是其尘垢秕糠，将犹陶铸尧舜者也，孰肯以物为事？"

这段文字既是寓言，又是神话故事。庄子想象了一个独一无二、超乎尘外的神奇境界，又通过藐姑射山神人的美丽形象，将这种境界人格化、具体

庄周梦蝶

15

化，形成了迷离恍惚、恢宏诡谲的浪漫色彩，使人明知其假，宁信其真。那位神人，他的德行与万事万物混同一起：外物没有什么能伤害他，滔天的大水不能淹没他，天下大旱使金石熔化、土山焦裂，他也不感到灼热。他不为物所滞，不受任何约束，处于一种真正的自由状态，享有人世间最高的生活旨趣。能把自己缥缈的幻想写得这样实在、这样美妙，除了庄子，恐怕再没有第二人了。

辛辣讽刺的个性风格

《庄子》不仅驰骋想象，创造了千奇百态、奇特浪漫的艺术形象，而且对世态人情和社会丑恶的各个层面进行了逼真描摹和精妙刻画。《胠箧》篇是《庄子》一书中揭露现实丑恶的名篇：

夫川竭而谷虚，丘夷而渊实。圣人已死，则大盗不起，天下平而无故矣。圣人不死，大盗不止。虽重圣人而治天下，则是重利盗跖也。为之斗斛以量之，则并与斗斛而窃之；为之权衡以称之，则并与权衡而窃之；为之符玺以信之，则并与符玺而窃之；为之仁义以矫之，则并与仁义而窃之。何以知其然邪？彼窃钩者诛，窃国者为诸侯，诸侯之门而仁义存焉。则是非窃仁义圣知邪？

在这篇文章里，庄子经过大量的铺陈之后，提出了一个著名的论断："窃钩者诛，窃国者为诸侯。"庄子把攻击矛头指向了是非混淆、黑白颠倒的社会制度，揭露了社会的混乱、政治的黑暗。在这里，庄子奇特的想象和神话传说不见了，取而代之的是文章说理的雄辩滔滔、纵横跌宕所形成的惊人的思辨力量，并从中透露出对现实污浊的冷峻描摹与讥讽。庄子对世态人情的刻写，就其反映社会的深度与对生活本质的概括而言，真可谓"晚周诸子之作，莫能先也"（鲁迅《汉文学史纲要》）。

意趣横生的寓言故事

先秦诸子著作中保存了较多的寓言故事，如《孟子》《庄子》《韩非子》《吕氏春秋》《战国策》等，都喜欢用寓言的形式形象阐明自己的观点和主张，以驳难对方。《庄子》一书几乎都是寓言，其《寓言》篇曾概括其作品"寓言十九，重言十七，卮言日出，和以天倪"。司马迁也说"其著书十余万字，大抵率寓言也"，"皆空语无事实"（《史记·老子韩非列传》）。鲁迅先生也讲："大抵寓言，人物土地，皆空言无事实。"（《汉文学史纲要》）所谓"寓言"，就是一些神话式的幻想故事，也包括通常借事物寓意的故事；"重言"就是历史人物的故事或话语；"卮言"就是直接论说，指随机应变而寓有深意的话。庄子"以重言为真，以寓言为广"（《天下》），是中国文学史上第一个有意识地大量创作寓言的作家。

庄子的寓言多是为了说理而虚拟的，寓意深刻，构思奇特，夸张惊人，妙趣横生，充满了智慧，达到了精妙绝伦的地步，使人明知其为"谬悠之说，荒唐之言"（《天下》），却折服于其哲理，陶醉于其魅力。因此，我们读《庄子》，不能不读它的寓言；谈它的寓言，不能不体会它所蕴涵的博大精深的哲学思想，它所显示的汪洋恣肆的超然仪态，以及庄子越乎常人的想象力和超凡脱俗的诗人气质。实际上，《庄子》的寓言故事代表了庄子散文的最高成就。

庄于的寓言故事往往利用古代和当时的素材，赋予深刻的哲学思想。如《养生主》中"庖丁解牛"的故事，描写庖丁为文惠君杀牛，刀技极为精妙，连响声都"莫不中音，合于《桑林》之舞，乃中《经首》之会"，庖丁最后说出一番保养牛刀的道理：

始臣之解牛之时，所见无非全牛者。三年之后，未尝见全牛也……

文中以牛的复杂肌体比喻社会，以刀比喻人的身体和生命，要保全刀，就要避开筋腱骨骼，要保全个人，则要善于避开社会矛盾和斗争。这番话深入浅出地表达出庄子"依乎天理""因其固然""因循自然"和"安时而处顺"的处世哲学。

《庄子》中不少"寓言"，是引证一些历史故事或古人的言论以喻明事理的哲理小故事。它们往往掺杂虚构，富于情趣，对故事的结构安排、环境气氛的渲染、人物性格的刻画等独具匠心。如《逍遥游》中"尧让天下于许由"就利用了古老的历史传说。尧禅让天下可能真有其事，但两段对答则是作者的虚拟，对话中极力表现了尧让天下的谦虚，表达"圣人无名"之意。而有的故事很荒诞，如《至乐》：

庄子之楚，见空髑髅，髐然有形，撽以马捶，因而问之，曰："夫子贪生失理，而为此乎？将子有亡国之事，斧钺之诛，而为此乎？将子有不善之行，愧遗父母妻子之丑，而为此乎？将子有冻馁之患，而为此乎？将子之春秋故及此乎？"于是语卒，援髑髅，枕而卧。夜半，髑髅见梦曰："子之谈者似辩士。视子所言，皆生人之累也，死则无此矣。子欲闻死之说乎？"庄子曰："然。"髑髅曰："死，无君于上，无臣于下；亦无四时之事，从然以天地为春秋，虽南面王乐，不能过也。"庄子不信，曰："吾使司命复生子形，为子骨肉肌肤，反子父母妻子闾里知识，子欲之乎？"髑髅深矉蹙頞曰："吾安能弃南面王乐而复为人间之劳乎！"

故事构思奇幻，通过环境气氛的安排，把社会的苦难、髑髅对整个世俗世界的鄙弃及其超脱人世间的自由凸显出来，给人以深沉凝重之感。

奇诡莫测的结构形式

至庄子时代，论说文章的发展在形式构造上已经达到能够从正面有中心、有层次、有条理地表达自己观点的程度。《庄子》的文章结构灵活，各篇安排均有不同。或"寓言"在先，引出"卮言"，即先举事例后发议论，或事例与议论相夹杂，或以整篇议论或整篇叙事为主。每篇均无定格，变化无穷，如云中之龙、泽中之蛟，唯其无定格，故形成了独到的风格。表面上看，庄子的文章似乎很"散"，然而观其文章内在的逻辑联系，不但不散，反而表现出腾挪跌宕、摇曳多姿的特色。

有人把《庄子》文章的结构形式归纳为三大类：游龙式、故事式、议论式。游龙式最能代表《庄子》的风格，包括内篇7篇和外篇的《秋水》《外物》等。这些文章由多个寓言组成，用简单议论连缀，似断似续，仿佛游龙在云中，东鳞西爪，时显时现，细寻之后可以发现，有一主旨贯穿其中。如《养生主》中有4个寓言：庖丁解牛提倡"以无厚入有间"才能"游刃有余"，下面公文轩见右师、泽雉和秦失吊老聃，3则寓言分别说明人的出生、生活过程及死亡都应该顺乎自然。全篇主旨就是提倡顺应自然才是养生之根本。故事式以杂篇的《说剑》《渔父》《盗跖》为代表。故事完整，主旨明晰，如《说剑》写赵文王好剑，命勇士比剑，死者数千人。太子请庄子劝说，庄子以天子之剑、诸侯之剑、庶人之剑为喻，终于使赵文王改变陋习。叙事层次分明，情节安排张弛有致。议论式在《庄子》中表面看起来不算多，但《庄子》各类文章不论章法如何都具有论辩性。他理论上倡导"不遣是非"，实际上最爱辩论，甚至是喋喋不休。专门可以作为一种结构章法的，以《马蹄》《胠箧》《骈拇》《刻意》《缮性》为代表。它们都以逻辑推理为主，基本上不用寓言故事。《马蹄》第一大段讲马的本性不欢迎人为的改造，第二大段讲人的本性不欢迎圣人的作为，第三大段再将马与圣人之治合论。庄子在这里发挥无为而治的思想，以马、埴、木等为喻，说明治天下不能违反民之本性，反对儒家礼乐仁义，主张无知无欲，回到与禽兽共居的至德之世。思想是倒退的，但文章写得有规有矩，从自然到社会，远近开阖有致。

夕阳中的庄子塑像

文采飞扬的语言艺术

《庄子》的语言已达到高度形象化的特征，其中所使用的手段就不乏铺张形容。如《逍遥游》一文，用满纸荒诞之言描写了藐姑射山奇妙的神人之形象，其肌肤、身段、饮食、活动、神态俱妙不可言。还如《马蹄》篇写马的外形：

> 马，蹄可以践霜雪，毛可以御风寒，龁草饮水，翘足而陆，此马之真性也。虽有义台路寝，无所用之。

这些文字都给人一种美感，增添了文章的魅力。有的则妙趣横生，犹如天籁，如《外物》篇写任公子钓大鱼，极力渲染饵之重、竿之长、鱼之大，以及鱼的挣扎和海的波涛、声响，形成一组惊心动魄的画面，真是恣意恢宏，动人心魄，文采飞扬。

《庄子》文章中的词汇也极为丰富，而且运用自如，善于用不同的词汇对事物进行细致的描绘，如《齐物论》写"地籁"：

> 夫大块噫气，其名为风，是唯无作，作则万窍怒呺，而独不闻之翏翏乎？山林之畏佳，大木百围之窍穴，似鼻，似口，似耳，似枅，似圈，似臼，似洼者，似污者。激者，謞者，叱者，吸者，叫者，譹者，宎者，咬者，前者唱于而随者唱喁。泠风则小和，飘风则大和，厉风济则众窍为虚。而独不见之调调之刁刁乎？

这段话所用的词汇很难确切地译出来，但并无堆砌邋遢之感，对众窍和风声的千差万别的描绘，声形毕肖，使人似乎亲眼见到各种窍孔，听到不同的风声。

《庄子》中一些直接发议论的篇章，也能熔叙事、说理、抒情于一炉，文句整饬，气势通畅，具有很强的煽动性，如《齐物论》"既使我与若辩矣"一段：

> 既使我与若辩矣，若胜我，我不若胜，若果是也，我果非也邪？我胜若，若不吾胜，我果是也，而果非也邪？其或是也，其或非也邪？其俱是也，其俱非也邪？我与若不能相知也，则人固受其黮闇，吾谁使正之？使同乎若者正之？既与若同矣，恶能正之！使同乎我者正之？既同乎我矣，恶能正之！使异乎我与若者正之？既异乎我与若矣，恶能正之！使同乎我与若者正之？既同乎我与若矣，恶能正之！然则我与若与人，俱不能相知也，而待彼也

邪？……化声之相待，若其不相待，和之以天倪，因之以曼衍，所以穷年也。

这段话的主旨是否认真理的客观标准，他气势磅礴地一口气提出 10 个反问，犹如连天巨浪扑打行舟，无休无止；又像乱箭齐发迎面袭来，使人难以招架。这在先秦说理文中，无论气魄之雄肆、词锋之锐劲，都是不可多得的。

《庄子》用语新奇，富于创造性。他创作了许多新词，如"逍遥""扶摇""浑沌""造化""造物""志怪""小说""寓言""运斤成风""游刃有余""邯郸学步""东施效颦"等等，都是《庄子》的首创。

庄子散文还有一个特点就是文中多用韵，声调铿锵，读之有和谐的节奏感。例如：

以道观之，何贵何贱，是谓反衍；无拘而志，与道大蹇。何少何多，是谓谢施；无一而行，与道参差。（《秋水》）

天下有道，圣人成焉；天下无道，圣人生焉。方今之时，仅免刑焉。福轻乎羽，莫之知载；祸重乎地，莫之知避。已乎已乎。临人以德！殆乎殆乎，画地而趋！迷阳迷阳，无伤吾行！吾行郤曲，无伤吾足。（《人间世》）

天道运而无所积，故万物成；帝道运而无所积，故天下归；圣道运而无所积，故海内服。（《天道》）

《庄子》用韵妙在自然，不让人觉得在有意押韵；有的虽无韵，但语句读起来也抑扬顿挫，均不因追求节奏而拘牵词义，语言风格与后来的散体辞赋非常相似。

参考文献：

1. 谭家健：《中国古代散文史稿》，重庆出版社 2006 年版。
2. 褚斌杰：《先秦文学史》，人民文学出版社 1998 年版。

三、人间通理大光明

——淮南子散文

　　刘安（前179—前122），汉高祖刘邦之孙，淮南厉王刘长之子。汉文帝十六年（前164），文帝把原来的淮南国一分为三，封给刘安兄弟3人，刘安以长子身份袭封为淮南王，时年16岁。他是西汉知名的思想家、文学家，才思敏捷，好读书，善文辞，乐于鼓琴，广纳文人贤士，"招致宾客方术之士数千人"（《汉书·淮南王传》），集体编写了《鸿烈》（后称该书为《淮南鸿烈》或《淮南子》）。

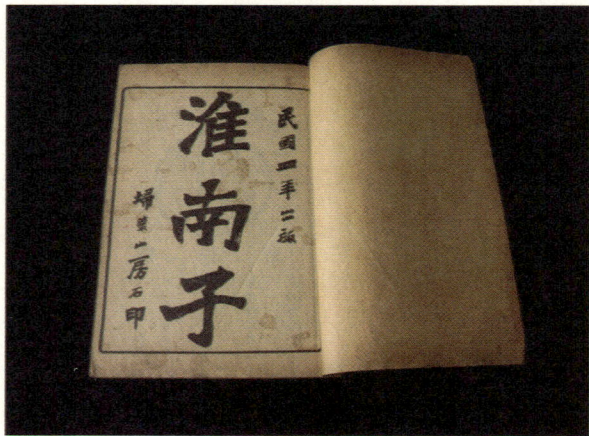

民国年间再版的《淮南子》

《淮南子》原为鸿篇巨制，共有"内书"21篇、"外书"33篇和"中书"8卷，令人遗憾的是，流传至今的《淮南子》仅仅剩下"内书"21篇了。全书以道家思想为主轴，内容包罗万象，涉及哲学社会科学和自然科学多个领域，是汉代道家学说最重要的一部代表作，也是这个时期一部影响巨大的社会百科全书。在文学方面，《淮南子》也提出了许多富有创见性的理论。

文艺抒情性的系统阐发

从先秦的重志轻情，到汉代的重情轻志，《淮南子》是这一转向的分水岭。中国传统文论没有关于文学抒情的理论性专著，可以说，《淮南子》是中国古代文论史上唯一有相对系统的情感论著作。对于情感的存在和发生，《淮南子》都有独到的见解：

夫声色五味，远国珍怪，瑰异奇物，足以变心易志，摇荡精神，感动血气者，不可胜计也。（《本经训》）

人生而静，天之性也；感而后动，性之害也；物至而神应，知之动也；知与物接，而好憎生焉。（《原道训》）

《淮南子》认为人活在世间，不可能没有情感发生，不可能避开摇荡精神、感动血气之万物。情性在本然状态下是平静的，因感物而动，处于不平静的状态，但感物并不只是感官的活动，更主要是神应知动。只有神应知动，才会产生好与憎的情感态度。把神应知动作为感的重要环节，是《淮南子》情感发生论的深刻之处。荀子的"目好色、耳好声"的情感发生论还停留于感觉层面，而现代心理学意义上情感的产生是一个综合的心理过程，除了感官的活动，更重要的是记忆、思维等心理活动的参与。虽然《淮南子》只用了"神应""知动"寥寥几个字，却揭示了情感发生中的重要心理内容，在情感心理学发展史上，具有不容忽视的意义。

情感是客观存在的，但并不意味着可以随意发泄。先秦儒家用"中和"规范情感，要求情感"发而皆中节"：

喜怒哀乐之未发，谓之中，发而皆中节，谓之和。中也者，天下之大本也；和也者，天下之达道也。致中和，天地位焉，万物育焉。（《礼记·中

庸》）

　　儒家是用礼、乐约束情感，使之中节，而《淮南子》主要是从个体生命角度考虑情感的规约。为了身心的自适，《淮南子》主张应对情感有所规约，但如果规范约束过度，反而成为对生命的戕害。《淮南子》反对这种以礼节情的做法，其《精神训》论道："儒者非能使人弗欲，而能止之；非能使人勿乐，而能禁之。"认为儒家所止所禁的只是外在的行动，而内在的欲、乐之心未除，止禁就成了迫性拂情，这样做好比以身手去堵江河之源头，结果会身手皆失。

　　但是，《淮南子》并没有因此走向抒发性灵的自由之路，而是用道家的一套理论来解决这个问题。比如对于"盗"，《淮南子》认为，与其畏刑而不敢盗，不如使其无盗心。在情感规约上也是这样，与其闭其所乐，不如去其所以乐之心，如此就可避免儒家的迫性拂情之悲。于是，去其喜怒哀乐之心就成了《淮南子》倡导的最彻底的情感规约方式。为了去除喜怒忧悲及好憎之心，《淮南子》借鉴了庄子的"无情"论。《庄子》认为，通过体道和提升德行，可以摒弃世俗的喜好，而进入恬淡寂寞之境，《刻意篇》言："澹然无极而众美从之，此天地之道、圣人之德也。故曰，夫恬淡寂寞，虚无无为，此天地之平而道德之质也。"恬淡也是一种情感，只是不为世俗人所好，但体道之人所乐者，却是这种性情上的恬淡。《淮南子》以《刻意篇》所论为理论根据，从道与德的高度，否定喜忧好憎之心，肯定"不哀不乐，不喜不怒，其坐无虑，其寝无梦，物来而名，事来而应"（《缪称训》）的体道心境，认为世俗享乐是以外乐内，而从体道而来的情感，是以内乐外，这样可以避免"乐作而喜，曲终而悲"（《原道训》）的"精神乱营"。《淮南子》在情感规约论上倾向于道家的无乐之乐，这与汉代初期道家思想的盛行有关。

　　《淮南子》认为至情是文艺成功的条件之一，它还进一步揭示文艺至情的原因在于"愤"：

　　夫歌者乐之徵也，哭者悲之效也，愤于中则应于外，故在所以感。（《修务训》）

　　喜怒哀乐，有感而自然者也。故哭之声发于口，涕之出于目，此皆愤于

中而形于外者也。(《齐俗训》)

"愤",东汉高诱注曰:"充实于内。"(《淮南子注叙》)即充实心中各种复杂感情的汇结。"愤于中而形于外",就是这些复杂感情通过文艺形式自然感发而生成。社会现实造成的种种遭遇,特别是因失意、失望、不平等触及心灵深处的遭遇凝结于心时,人之情感自有郁结;感而发文,吐露于外,正是文艺创作的一个重要因素。所以"发愤"说是对"物感"说的进一步浓缩,更接近文艺本质属性——情感性的要求。

在《淮南子》看来,喜、怒、哀、乐和哭、愤等都是真情的外现形式。"愤"作为其中的一种,它的价值不在于使"情"的分类精确与否,而在于《淮南子》看到了矛盾关系的存在导致了人与人、人与社会、人与自然之间的不和谐与冲突,这些冲突不断碰撞、激化,从而激发了创作主体情感充盈的深度和广度。因此,"发愤"说也成为重情传统向纵深发展的理论概括。后来,司马迁把"发愤说"发展为"愤书说",其渊源是一脉相承的。经后世文论家不断发挥,"发愤"说便成为中国文论史上最成熟的创作论之一。

《淮南子》对于文艺抒情性理论的阐述最精彩之处,还在于"文"与"情"两者关系的论述上。《本经训》言:

凡人之性,心和欲得则乐,乐斯动,动斯蹈,蹈斯荡,荡斯歌,歌斯舞。

这句话简洁地概括了自然情感寻找艺术形式而表现为艺术情感的过程,《缪称训》又认为,"情系于中而欲发外者",一旦超越"行形于外"的自然表现,将欲发于外的情感置于歌、舞、诗中,这一情感就成了艺术情感。在这里,情感就成了歌舞发生和歌舞表现的本体。情感的表现,都是先有情于心中,而后表现于外,即"必有其质,乃为之文"。只能是情生"文",而不是"文"生情。《淮南子》以情感本体论"文",但并不重情轻"文",而是主张文、情并重,文、情相生。就艺术情感的表现,《淮南子》还要求情感表现要真实自然,《齐俗训》言:"哭之声发之于口,涕之出于目,此皆愤于中而形于外者也。譬若水之下流,烟之上寻也,夫有孰推之者?"而且,这一真实自然不是意识中有意为之,而是"不得已"之真实自然。《诠言训》言:情感乃"不得已之事","不得已而歌者,不事为悲;不得已而舞者,不矜为丽。歌舞而不事为悲丽者，皆无有根心者"。为悲而悲，为丽而丽，是勉强其心的做法，这不但失却了心中的本然情感，而且给人做作虚伪之感。《淮南子》还要求"文"合乎其自身的美感规律。《氾论训》言：

> 不知音者之歌也，浊之则郁而无转，清之则燋而不讴。及至韩娥、秦青、薛谈之讴，侯同、曼声之歌，愤于志，发于内，盈而发音，则莫不比于律，而和于人心。何则？中有所本主，以定清浊，不受于外，而自为仪表也。

这段话是说，不知音者之歌，无确定之"准绳"，歌浊则郁而无声，歌清则忧而不和，而到了韩娥等善歌者，其歌莫不皆合于律，也莫不皆深入人心，其原因既在于歌者"愤于志，发于内"的强烈而高尚的理性情感，也在于歌者对音律的合乎审美规律的把握，更在于歌者最后对诸要素予以综合而生成的独特表现。显然，这是很典型的追求真善美之感情表现的文艺观。

"文质"是中国传统美学和文艺理论的一对重要范畴。两者的关系《淮南子》中有多处论述，如：

> 故钟鼓管箫，干戚羽旄，所以饰喜也；衰绖苴杖，哭踊有节，所以饰哀也；兵革羽旄，金鼓斧钺，所以饰怒也。必有其质，乃为之文。（《本经训》）
>
> 锦绣登庙，贵文也；圭璋在前，尚质也。文不胜质，之谓君子。（《缪称训》）

从这些论述中可以看出，《淮南子》认为，"文"是外在的表现形式，"质"是"喜""哀""怒"等内在的内容。质是决定文的根本，文是质的表现形式。有质才相应产生文。而且，《淮南子》认为，"质"当指自然美好的东西，其天生的性质是难以改变的，与"文"外观形式之美不同。这样，关于文质关系，《淮南子》坚持文质统一，偏重于质，这是《淮南子》独特的审美判断，直接切中了文艺创作的核心问题。

《淮南子》中近乎体系化的情感论，相对于先秦是一大进步，这说明了西汉初期对情感这一心理内容的关注和认识，也预示了整个汉代对情感世界的倾心，把情感作为审美对象。这已不同于先秦的重志赏志，也就是说，从历史传承上看，汉代已在酝酿着魏晋南北朝的"人道当情"论、"诗缘情"论。

淮南八公山

繁复博富的辞赋创作

楚国为辞赋的发源地，淮南寿春为楚国最后的都城，故辞赋的传统在那里得到非其他地区可比的更多的继承。淮南王刘安高度评价《离骚》的卓越成就及屈原的超凡人格与境界，并在辞赋创作上取得了非凡的业绩。《汉书·艺文志·诗赋略》将战国至西汉的赋分为屈原赋之属、陆贾赋之属、荀况赋之属、杂赋等4类，每类统辖若干作品，其中"屈原赋"之类著录有淮南王赋82篇、淮南王群臣赋44篇，数量约占"屈原赋"类总数的三分之一，为战国至西汉众家之冠，足见淮南王赋的历史影响。就流传于今的《招隐士》来看，其艺术水平堪称出类拔萃。其辞云：

桂树丛生兮山之幽，偃蹇连蜷兮枝相缭。
山气龍嵷兮石嵯峨，溪谷崭岩兮水曾波。
猿狄群啸兮虎豹嗥，攀援桂枝兮聊淹留。
王孙游兮不归，春草生兮萋萋。
岁暮兮不自聊，蟪蛄鸣兮啾啾。
块兮轧，山曲第，心淹留兮恫慌忽。
罔兮沕，憭兮栗，虎豹穴，丛薄深林兮人上栗。

27

嶔岑碕礒兮，㟧磳磈硊。树轮相纠兮，林木茷骫。

青莎杂树兮，薠草靃靡。白鹿麕麚兮，或腾或倚。

状貌鉴鉴兮峨峨，凄凄兮漇漇。

猕猴兮熊罴，慕类兮以悲。

攀援桂枝兮聊淹留，

虎豹斗兮熊罴咆，禽兽骇兮亡其曹。

王孙兮归来！山中兮不可以久留。

　　此文旨在生动地描写了深山幽林的荒凉恐怖，流露了召唤和规劝隐士早日归来、不可滞留山林的意向。作者的描写，夸张而不失真，与古江淮地区自然生态契合，给人以尺幅中把一片荒山景色写绝的深刻印象。清刘熙载称："屈子以后之作……骨之奇劲，莫如淮南《招隐士》"，读之"便觉有罔汤憀栗之意"（《艺概》）。其语言多用联边、双声叠韵，颇有楚辞的余韵。由此可见，不仅刘安是辞赋高手，其手下的群臣中也必有一批辞赋高手，他们自觉或不自觉地把写赋技能移植于《淮南子》的编撰上，顺理成章地造成此书浓重的辞赋化艺术风貌。

淮南王刘安塑像

　　《汉书·淮南王传》称刘安"辩博善为文辞"，《淮南子》末篇《要略》是全书的总序，其中明确地述及作者对书中繁复博富之笔法的肯定，云："夫道论至深，故多为之辞以抒其情，万物至众，故博为之说以通其意。辞虽坛卷连漫，绞纷远缓，所以洮汰涤荡至意，使之无凝竭底滞，卷握而不散也。夫江河之腐胔不可胜数，然祭者汲焉，大也；一杯酒白，蝇渍其中，匹夫弗尝者，小也。"高诱的《淮南子注叙》称此书云："言其大也，则焘天载地；说其细也，则沦于无垠，及古今治乱存亡祸福，世间诡异瑰奇之事。其义也著，其文也富。物事之类，无所不载。"指出《淮南子》在内容上大小兼容，博览事物，无所不载，且文辞繁丽，充分体现了汉赋的时代特色，是西汉王朝经文景之治到武帝继位，国力空前强盛在文化艺术上的折射。

　　参考文献：

　　1. 王琳：《〈淮南子〉散文艺术略论》，《青海社会科学》2008 年第 4 期。

　　2. 孙纪文：《〈淮南子〉文艺创作观念研究》，《固原师专学报》（社会科学版）2002 年第 4 期。

四、建安风骨慨而慷

——曹氏父子

　　东汉末年，时局大乱，正所谓时势造英雄，在这样的乱世，英雄辈出，天地间也激越着慷慨兵戎之气；又谓天下大势，合久必分，分久必合，东汉末年这锅"乱糟糟的粥"，最终平定在曹魏手里。

　　曹操（155—220），字孟德，一名吉利，小字阿瞒，沛国谯县（今安徽亳州）人，东汉末年杰出的政治家、军事家、文学家、书法家，三国中曹魏政权的缔造者。曹操10岁举孝廉为郎，后黄巾乱起，召集军马，建立了自己的军事武装。他是东汉末年的军事家、政治家及诗人，"少机警，有权数"，自幼博览群书，善诗词，通古学，而且还有过人的武艺。素以知人名世的太尉桥玄见到曹操惊奇地说："天下将乱，非命世之才不能济也，能安之者，其在君乎？"许邵则说了著名的一句话："子治世之能臣，乱世之奸雄。"汉献帝建安元年（196），曹操受封为丞相，官渡一战击败劲敌袁绍，逐步统一北方，成为北国的实际统治者。然而曹操为人磊落，说话也不遮遮掩掩，挟天子令诸侯，亦因忧世不治。他在《让县自明本志令》中说："设使国家无有孤，不知当几人称帝，几人称王……江湖未静，不可让位；至于邑土，可得而辞。"曹操终生并未代汉自立，后来曹丕称帝，尊曹操为武帝。曹操精兵法，著《孙子略解》《兵书接要》《孟德新书》等书；善诗歌，《蒿里行》《观沧海》等诗篇，抒发了他的政治抱负，并反映汉末人民的苦难生活，气魄雄伟，慷慨悲凉；散文亦清峻整洁，后人集有《魏武帝集》。曹操开启并繁荣了建安文学，给后人留下了宝贵的精神财富，史称建安风骨，鲁迅评价其为"改造文章的祖师"。同时曹操也擅长书法，尤工章草，唐朝张怀瓘在《书断》中评其为"妙品"。

东汉末年的建安时期，汉代气数将尽，曹魏将取而代之。社会的政治、思想都在发生翻天覆地的变化。乱世之中，现实严酷，命运苦难，人们逐渐认识了"经学"亦不是神圣的，社会又重新开始竞设异端、百家互起，仿佛战国乱世再现。文人学士们也从庭院书斋走向社会、民间，从浅

曹操塑像

吟低唱的花前月下生活跌进战乱的凄风苦雨之中。社会凋残破败，民众朝不保夕，这一切，让学士们抛却了浮华矫情，他们笔下的文章更富真知灼见，更富生活气息和时代色彩。经学跌下了神坛，思想就自由了，文士们冲出文禁文网，敢想敢说，敢于道圣人之未道、言圣人之未言，死气沉沉的谈经论道和子曰诗云都如浮云一般被狂风一扫而光。文学在建安时代，有了不拘一格、清峻通脱的风格，曹丕在《典论·论文》中说："文章乃经国之大业，不朽之盛事。"

曹操则是这场新文学革命的开创者。他外定武功，内修诗文。一生几乎都是在狂风暴雨般的乱世中度过，作为天才诗人，他情动于衷肠。他在《对酒》里写道："路无拾遗之私。囹圄空虚，冬节不断。从毫耋，皆得以寿终。恩德广及草木昆虫。"这是他忧世治世的理想，也是乱世思治的肺腑之言。在《蒿里行》中他写道："白骨露于野，千里无鸡鸣。生民百遗一，念之断人肠。"长年征战，他太明白社会已变成了什么样子，最需要的是安邦定国之才，然举目一望，山河崩裂，猛士安在？也许能让百姓脱离乱世苦海的人只有自己，所以在《龟虽寿》里他写道："老骥伏枥，志在千里。烈士暮年，壮

心不已。"他这样放言无忌,自由抒发内心感受,文字清峻通脱,既开创建安文学的新风气,同时又影响了一大群想建功立业的士子们,让这一时期的文学作品里充满了豪情万丈的英雄气概,终于成就了建安文学的风骨。

曹操一生著述颇多,据清姚振宗《三国艺文志》考证,有《魏武帝集》30卷录1卷、《兵书》13卷等10余种,然多已亡佚,今存者唯《孙子注》。一部《文选》,选入曹丕、曹植文章若干,独曹操不见一篇,这确实是个遗憾千古的事情。曹操现存散文150余篇,多为诏令之文,其辞赋之文仅遗有两个残篇。鲁迅曾用"清峻""通脱"之风来概括曹操散文的基本特点,后世研究者多承此说。所谓"清峻",就是"简约严明"的意思。从今天遗存的曹操散文来看,这些文章注重实用功利,"指事造实,不求靡丽"(刘勰《文心雕龙·章表》),既无两汉文章反复说教的陈腐气息,也不着意于文辞的铺陈华美,而是极为质朴简练。曹操散文经世致用,想说什么就说什么,几乎达到"随心所欲"的境界。其散文既表露了对东汉末年社会各种弊端改革的愿望,也明确了其开明的人才观和举贤不止、"绕树三匝"的求贤之心,同时还表达了对因战乱连连而颠沛流离的民生疾苦的深切同情。曹操文风的"通脱",不仅表现在思想内容上的百无禁忌、无所羁绊,不受束缚,还表现在文体上的腾挪闪耀,语言上的俊逸洒脱、"狡如脱兔",映射出旷达潇洒、大气磅礴的王者之象。这种通脱的文风直接体现在他颁布的各种令中,如《论吏士行能令》《举贤勿拘品格令》等,尤其在《让县自明本志令》中展露无遗,体现了他求贤若渴,"不拘一格降人才"之心,同时在自明心迹之时,流露出慨当以慷、壮怀激烈之志。

因为政治上的人才需求,曹操很快就团结了一大批贤士达人,并形成了一个文学圈,圈中著名的有他的两个儿子曹丕、曹植,还有"建安七子"(孔融、陈琳、王粲、徐干、阮瑀、应玚、刘桢)。建安文学能够在长期战乱、社会残破的背景下得以勃兴,同曹操的重视和推动是分不开的。刘勰在论述建安文学繁荣原因时,就曾指出"魏武以相王之尊,雅爱诗章"(《文心雕龙·时序》)。事实上,建安时期的主要作家,无不同他有密切关系。曹丕、曹植是曹操的儿子,"七子"及蔡琰等,也都托庇于曹操的荫护。可以说,"邺下文人集团"就是在他提供的物质条件基础上形成的;而他们的创作,也是在他的倡导影响下进行的。

曹丕（187—226），字子桓，三国时期著名的政治家、文学家，曹魏的开国皇帝，220—226年在位。曹丕在文学上有相当高的成就，《燕歌行》是中国现存最早的文人七言诗；所作的五言诗和乐府诗皆清绮动人；所著《典论·论文》，在中国文学批评史上占有重要地位，是我国文学批评史上第一篇专题论文，所论的"文"是广义上的文章，也包括文学作品在内，涉及文学批评中几个很重要的问题，如对文学的价值的重视，首创了"文气"的概念，进一步指出"诗赋欲丽"，强调诗赋的特点是"丽"，既反映了建安文学的新风气，也预示了此后文学的大趋势。这些理论虽不免有些粗略，但在文学批评史上起了开风气之先的作用。曹丕辞赋现存28篇，内容题材广泛，或咏物，或抒情，或写景纪游，或述征行苑猎，在沿袭两汉的同时又不拘于成法，大胆创新，征战、田猎、弹棋、游戏、花木无不入其赋，大大扩展了赋的题材。同时曹丕赋多抒发内心情怀，表达细腻，真挚热烈，豪迈与婉约并举，情景交融，语言平易自然。他对赋这种文体在从汉赋到魏晋抒情小赋的转变过程中起到推波助澜的作用。曹丕还留下了大量的书信体散文，今存共36篇，这些书信既受到同时代散文通脱自然的影响，又少了些其父慷慨悲凉之气。其书抒情气氛浓郁，有含蓄的一面，又有率真、坦诚的一面。曹丕散文自然清丽，细腻委婉，以自然取胜，不事雕琢，达意而已，同时也展现出清越华丽的语言风格，尤其是语言的骈俪特色相当明显，多用四六句，多使事用典。由此"魏晋时期，骈文正式形成。对此起重要作用的首推曹丕、曹植兄弟。他们居于政坛文坛领袖地位，具有很高的文化修养，对传统文化十分熟悉，而又富于创造精神。他们的文章追求华美的辞藻，喜欢采用排比对仗，讲求雕饰。在其带动下，行文骈俪成为一时风气。"（谭家健《六朝文章新论》）既是"汉音"的继承发扬者，又是"魏响"开拓者的曹丕，在两汉到魏晋的文化变迁交界之时，对建安风骨的形成以及魏晋骈俪文赋的盛极一时有推动首倡之功，其散文中流露出的对于生命及自我意识的思考，象征大一统主流精神的没落，同时也反映了当时乱世之下文人士卿无所适从的彷徨心理状态，具有创新特色与极高的艺术价值，对于书信体散文在魏晋时期走向真正成熟，意义重大。

三曹塑像

　　曹氏父子中，文学成绩为上品的还是那个写七步诗的才子曹植。本来极有抱负、极想在事业上有建树的人，不料曹丕称帝之后，他的人生境遇一下子跌进了谷底，所以他的写作前后区别很大。前期算作理想主义的作品，后来在政治迫害之下，吐出的心血都是痛苦、愤懑，渴望自由，欲求解脱。从来不幸是文学的给养成分，他后来的文字一吐为快，淋漓尽致，最后反倒成了建安文学的一面旗帜，取得了建安时代文学的最高成就。钟嵘评价他"骨气奇高，词彩华茂，情兼雅怨，体被文质。粲溢今古，卓尔不群"。曹氏父子合称"三曹"，犹如宋代之"三苏"，都是极为优秀的诗人。曹操悲凉慷慨，气韵沉雄；曹丕纤巧细密，清新明丽；曹植骨气充盈，淋漓悲壮。不过在钟嵘评来，曹植为上品，曹丕中品，而曹操则是下品了。但在笔者眼里，曹操当作中品才妥，好在唐宋之后，人们更喜爱曹操的诗作，认为他诗歌的意境胸襟都更有影响力。近代史学家黎东方在评三国文学的时候，只提了曹操曹植，竟把曹丕忽略不计了。当代学者余秋雨认为曹操该排第一，曹植第二。他说曹操的诗，是礁石上的铜铸铁浇。或者也是各人的喜爱取舍吧。

　　建安文人多是诗文俱佳的才子，"三曹"的散文一样极有特色，对后世散文创作产生了深远的影响。他们的散文既感情浓郁，又很强调个性色彩，形式上也是质朴与华丽并重。在建安年间，思想是完全解放的，作家们又有着丰富的生存体验。曹操一世枭雄，也常在作品中感慨战争创伤、同情百姓疾苦。他极懂用人，崇尚法家严刑峻法的思想，但对于社会政治，又希望能施行仁政，达到路不拾遗、恩德广及草木昆虫的理想状态。世乱不治，他慷慨陈词自己是老骥伏枥，志在千里，烈士暮年，壮心不已。

建安文学在"三曹"的带动下，走向了自觉时代，而此时诗人们个性高扬，想说什么就说什么，他们敢于直抒胸臆，敢于反名教。底气十足的建安才子们，骨气高傲，以文韬武略自负，在创作的时候，当然不肯效法别人，而是另辟蹊径，彰显个性。曹操的诗文朴实无华简洁自然；曹丕则善于叙事，行文委婉、深沉自然；曹植的散文更是一流，刘勰说他"独冠群才。体赡而律调，辞清而志显，应物制巧，随变生趣，执辔有余，故能缓急应节矣"。因为哲学思想的解放，人们的精神束缚减轻了，说话作文都少了很多顾忌，所以散文写得十分通脱。时代犹如战国之乱，文风也惊人地相似于战国纵横家，放言无惮，大胆直率，或者应了"国之不幸即诗家之福"的话。曹操一向敢为人先，他在文风的改革上也一马当先。鲁迅说他是改造文章的祖师，做文章没有顾忌，想写的便写出来，文章通脱得力。在他的影响下，清峻、通脱的为文之风蔚然兴起，在建安文坛盛极一时，七子中孔融与曹丕、曹植兄弟都得到了极大的启发。孔融尤其大胆，常发离经叛道之语。曹氏兄弟风格与乃父有别，但临文无讳上也不亚于其父。行文直抒己见，无不达之言。不过，在崇尚简约通脱文风的时候，建安散文又含有华丽的特征，慢慢就由质朴趋向华美，由简趋繁，这种现象有时就统一在同一个作者的身上，建安七子的散文更明显，由散向骈转变，为六朝骈体文的成熟奠定了基础。

参考文献：

1. 李景华：《建安文学述评》，首都师范大学出版社 1994 年版。

2. 曹旭、叶当前：《建安七子》，中华书局 2010 年版。

3. 顾农：《建安文学史》，湖南教育出版社 2000 年版。

4. 李宝均：《曹氏父子和建安文学》，（台北）万卷楼图书公司 1991 年版。

五、魏晋风度真名士

——嵇康与刘伶

  鲁迅在他的《魏晋风度及文章与药及酒之关系》中曾写道，魏晋时期是中国"文学的自觉时代"。魏晋时期还是人的觉醒的时代，从某种意义上说，可以和西方的文艺复兴相媲美。魏晋时期是中国历史上罕见的沉闷时期，政治高压、兵祸天灾、社会紧张度达到临界点。就在这一片黑暗之中，魏晋名士迸发出一股清纯无比的风流气质，奠定了中国文学艺术的审美基础。

  魏晋风流可以上溯到先秦道家文化，经过王弼、郭象的发扬光大，形成了以儒为体、以道为用的玄学思想。玄学是最具中国特色的哲学学派，而魏晋时期将玄学理念和个人的人生结合起来的就是魏晋名士，比如嵇康和刘伶，在他们身上的风流神韵成了中国历史的一道别样风景，令后世神往。

  嵇康（223—262，或224—263），字叔夜，沛国铚（今安徽淮北市临涣）人，三国时魏文学家、思想家和音乐家，魏晋玄学的代表人物之一，"竹林七贤"的领袖人物。《三国志·王粲传》注引《嵇康传》："学不师授，博洽多闻，长而好老庄之业，恬静无欲，性好服食，常采御上药。"他的好友向秀后来在《思旧赋并序》中说："嵇志远而疏。"从这些描述里可以看出，嵇康追求的是一种恬静寡欲、超然自适的生活。他师法老庄，深受其放达无为、亲近自然思想的影响，希望自己能够摆脱外物牵累，实现精神的逍遥自由。另一方面，嵇康的思想个性又与庄子很相似，勇于抨击黑暗现实，勇于斗争，勇于追求精神自由和个性解放，不与世俗同流合污，这种个性也最终招致杀身之祸。嵇康拒绝结交贵公子钟会，钟会因此嫉恨在心；后来嵇康辞官不就，并拒绝山涛的举荐而写《与山巨源绝交书》。魏元帝景元四年（263），吕翼奸淫其弟吕安之妻，反诬吕安不孝，吕安被囚，嵇康素与吕安友善，他伸张正义，为吕安辩诬。钟会乘机向司马昭进谗，称嵇康"卧龙也，不可起"，又说嵇康想谋反，劝司马昭"因衅除之，以淳风俗"，嵇康遂被杀。嵇康"善属文论，弹琴咏诗，自足于怀抱之中"（《嵇康传》）。在音律上，他留下的"广陵绝响"典故被后世传为佳话，《广陵散》成为我国十大古琴曲之一。他的《声无哀乐论》《与山巨源绝交书》《琴赋》《养生论》等作品亦是千秋相传的文论和散文名篇。

嵇康抚琴

越名教而任自然

嵇康最为人所称道的主张是"越名教而任自然"，这是他在《释私论》中提出的重要命题。他说：

夫称君子者，心无措乎是非，而行不违乎道者也。何以言之？夫气静神虚者，心不存乎矜尚；体亮心达者，情不系于所欲。矜尚不存乎心，故能越名教而任自然；情不系于所欲，故能审贵贱而通物情。物情顺通，故大道无违；越名任心，故是非无措也。

关于"自然"和"名教"的关系，是魏晋时期"玄学"的主要议题。所谓"名教"，一般指儒家的纲常礼教，而这里嵇康所言的"名教"则是指被司马氏集团所利用、所提倡的虚伪的伦理道德纲常。魏晋之际，政权更迭频繁，司马氏集团为了强有力地控制政权，排除异己，大肆杀戮持不同政见的名士。司马氏集团利用"名教"作为维护其统治和篡政的工具，标榜"以孝治天下"，行废弑曹氏皇帝、诛除异己之实。嵇康对司马氏集团的险恶用心有深刻而清醒的认识。他认为，汉武帝以来的礼实际上是统治者的手段，对他们来说，礼教是巩固和延续其江山社稷的工具；对一般人来说，它是获得官职以享受荣华富贵的晋升阶梯；特别是正始十年（249）的高平陵政变，司马氏以维护名教为幌子铲除了"正始名士集团"，由此更见名教的工具性和虚伪的本质。面对一场场为了权力而不择手段的杀戮，嵇康提出"越名教而任自然"。他认为，一个人在社会中应该顺着他的自然本性生活下去，不管社会上的清规戒律，条条框框，要"心无措乎是非"，不理会社会上的批评和赞扬。在《难张辽叔自然好学论》中，他怒斥六经之学已成为束缚人性的咒语、困扰人性的罗网，认为所谓的儒家纲常都只是束缚人自然本性的工具，所谓的仁义谦让都只是争夺、虚伪的副产品、遮羞布，因此他"以六经为芜秽，以仁义为臭腐"，主张"兼而弃之"。

嵇康认为，心中不藏人间是非，行为不违大道，才是君子的本色；只有内心通达，胸怀坦荡，不存私心，虚心无措，才能全身远祸，才能保持高洁本性，达到与"道"合一的境界。但一般认为，嵇康提出的超越名教并不等于完全放弃礼教，而是认为名教应该建立在自然之上，儒家的仁义礼教不应成为一种外在束缚，而是要顺应人性的自然发展，修成一种内化的自然美德。事实上，他是把儒家强调伦理道德的"善"与道家强调自然本性的"真"熔铸在一起，形成一种发自内心的自然生成的道德伦理。这种对自我意识的肯定，对外在人为标准的漠视，开创了中国传统文化中狂狷、叛逆的一脉，也即"魏晋风度"，成就了中国文人宝贵的批判精神，并为后来的历代知识分子所继承。

成熟的驳论艺术

相对于诗文而言，嵇康更长于述论，他的成就更多地显示在散文创作方面。《嵇康集校注》（戴明扬注）所收嵇氏 15 篇散文，仅题中标示为论体的就有 9 篇之多，且其他几篇也多议论，颇具思辨色彩。鲁迅说："嵇康的论文，比阮籍更好，思想新颖，往往和古时旧说反对。"（《而已集》）的确，嵇康的散文锋芒外现，充分显示了"龙性谁能驯"（颜延之：《嵇中散》）的鲜明个性，其行文的辩论技巧也为人称道，体现了驳论文体的成熟形态。

（1）驳论点。嵇康的论说文喜欢先提出敌方论点，树立靶子，然后推倒这个靶子，己方观点则自明。这种例子甚多，如《养生论》中先列敌方两种观点："神仙可以学得，不死可以力致者"，"上寿百二十，古今所同，过此以往，莫非妖妄者"，然后指出："此皆两失其情。"下面分别论述，驳这两种观点之谬，再提出自己的养生观："形神相亲，表里俱济。"另在《答难养生论》中也是先列出向秀提出的 5 种观点，逐条反驳，最终归纳整理，提出自己的观点。

嵇康还经常以对方的观点驳斥对方的观点，或假设对方的观点为正确，并以此向下推理，得到一个和对方观点相反的命题，达到归谬的效果。《管蔡论》一文，作者试图论证管蔡"服教殉义，忠诚自然"，实际上是个好人。文中紧紧抓住管蔡二人深受周文王赏识重用这一事实，"三圣举而任之，非以情私也"。如果说管蔡不好，岂不是说三圣不英明吗？"不知管蔡之恶，乃所以令三圣为不明也。"既然三圣不可能是不英明的，那他们就不可能庇护邪恶而重用坏人，那么管蔡二叔就必然是好人了。"则管蔡无取私于父兄，而见任必以贤良，则二叔必为淑善也。"嵇康用这种归谬的办法巧妙地使对方的命题转化为自己的命题。

（2）驳论据。从论敌的论据入手反驳，论据站不住脚，则观点自然不攻自破。以《声无哀乐论》为例，秦客用"葛卢闻牛鸣，知其三牲为牺""师旷吹律，知南风不竞，楚师必败""羊舌母听闻儿啼，而审其丧家"为例来证明"盛衰吉凶，莫不存乎声音也"。嵇康逐条驳斥论据之谬：牛不是人，没有渠道可以沟通；葛卢不可能知道牛的悲哀，并不懂得牛的声音。楚国远在千里之外，楚国的声音不可能传到，音律的变化，只是由于自然的更替，和楚师必败无关。叔向的母亲听到孙儿的啼哭，不是神心独悟，声心的关系和形体的关系一样，毫无关联，所谓听婴儿啼而知其败家系无稽之谈。秦客的几个论据矛盾百出，疑窦丛生，论点自然不能成立。

（3）驳论证。嵇康的驳论文析理丝丝入扣，绵密无间，常常直指对方论证方法的谬误。如《难自然好学论》，对方欲论人的本性是好学，举"嘉肴珍膳，虽所未尝，尝必美之，适于口也"和"处于暗室，睹蒸烛之光，不教而悦得于心，况以长夜之冥，得照太阳，情变郁陶，而发其蒙"为例。嵇康的辩难是指出对方"以必然之理，喻未必然之好学"，是论证方法之误，所举事例并不能论证所举论点。因为对方用自己的标准"今子立六经以为准"，衡量一切事物，则失之偏颇；若另立一个标准，视"明堂""讽诵""六经""仁义"为"丙舍""鬼语""芜秽"和"臭腐"，则"向之好学，未必为长夜，六经未必为太阳也"。这种论证方法之误自然导致其观点不能成立。

美学经典：《声无哀乐论》

无声之乐是一种审美境界和社会的最高理想。先秦两汉时代，人们把这种审美境界仅仅诠释为君臣、长幼、上下、尊卑之间关系的和顺，政治的安定和道德风俗的淳厚，并以此为批评标准，要求有声的音乐艺术承担起移风易俗的政治功能和道德教化的使命。魏晋时期，政治的动荡造成国家礼乐演奏组织和机构的瓦解，音乐在很大程度上脱离了宗教祭祀和国家重大政治典礼仪式，纯音乐作品也没有了歌颂王者之德和表现人伦关系的歌词，它主要成为广大文士娱情遣兴、表达个人生命体验的艺术形式。在这个时代，"礼"与"乐"的功能已经分开。礼是维护社会人伦关系的"为政之具"，金石丝竹等音乐是用来抒发个人情感，使人获得审美享受的艺术作品。脱离了典礼仪式和歌词内容的纯音乐难以为政治教化、人伦道德服务，儒家政教音乐观面临着人们新的审美实践的挑战。在这样的时代语境中，嵇康在其《声无哀乐论》中提出，音乐是不带情感因素的，具有绝对的独立性：

声音自当以善恶为主，则无关于哀乐；哀乐自当以情感而后发，则无系于声音。

崇尚自然之道是魏晋美学的哲学根基和精神追求，它对嵇康的音乐美学思想产生了重要影响。嵇康对这个命题展开了进一步的论证：

> 古之王者，承天理物，必崇简易之教，御无为之治，君静于上，臣顺于下……天人交泰……群生安逸……默然从道，怀忠抱义，而不觉其所以然也。和心足于内，和气见于外，故歌以叙志，舞以宣情……播之以八音……大道之隆，莫盛于兹，太平之业，莫显于此。故曰："移风易俗，莫善于乐。"然乐之为体，以心为主。故无声之乐，民之父母也。

在嵇康的美学思想中，天地之体是阴阳自通，自然而化生万物；万物之性是生命自然、和谐、自由的本真状态。音乐以其和谐有序的形式象征了天地万物自然和谐的运动状态，体现了天地万物自然、自由的本性，象征了最高的社会理想。审美活动正是要使人和社会回归到这种万物自乐的状态。在此境界中，群生万物自由生长，社会和谐，人人情感快乐，刑赏不用而民自安，人们日迁善成而不自知。嵇康认为，这就是移风易俗莫善于乐的含义。嵇康不像汉儒那样用具体的人伦道德规范去阐释音乐艺术移风易俗的功用，而是以体现天地之德，回归万物生命自然、自由、和谐、快乐的本性和存在状态，去解释音乐艺术的本质和审美功能，把音乐的大和境界与宇宙的本体自然之道联系起来，把自然之道作为审美和艺术活动的本质和最高理想。这就在不同程度上使审美与艺术活动具有了摆脱束缚、解放生命的意义和价值。

这样，嵇康就否定了延续千年的儒家的政教音乐观。他明确指出独立的音乐艺术，尤其是纯音乐作品是不能移风易俗、服务于人伦道德和政治的：

> 至八音会谐，人之所悦，亦总谓之乐，然风俗移易，不在此也。

作为"八音会谐，人之所悦"的纯音乐作品，它可以愉悦性情，却难以直接表现和影响社会的治乱与道德，不能完成移风易俗的政教功用，因为它所使用的媒介是无表意和描写功能的声音。这种声音之美有自己独立于人情和社会治乱之外的形式组合规律：

> 音声之作，其犹臭味在于天地之间，其善与不善，虽遭遇浊乱，其体自若而不变也。岂以爱憎易操，哀乐改度哉？及宫商集比，声音克谐，此人心

至愿，情欲之所钟。

嵇康认为声音组合规律的和谐是音乐艺术的本体，莫不自发，以自然之道为本。自然之道体现在人心中是人情感的自然抒发，体现在音乐形式上是声音的和谐组合，具有自然、客观、不以人的主观意愿而改变的规律。正因为声音之美遵循客观、自然、抽象的形式组合规律，它不以社会的治乱改变，也无哀乐之象，所以不能直接反映和表现政治及道德风俗。这就把音乐形式之美提到形而上的高度，看作音乐艺术的本体，明确肯定了文艺作品的形式有着相对的独立性，因而具有深远的理论价值。

嵇康、刘伶的名士风度

嵇康和刘伶是魏晋名士中的两位杰出代表，这两人都是当时赫赫有名的"竹林七贤"的成员。嵇康和刘伶经常被并提，主要原因在于他们是"竹林七贤"中最具传奇色彩的人物，也是史书记载最多的人物。巧合的是，他们两人实际上是老乡，家乡在今天安徽省宿州市和淮北市交界处。直到今天，宿州的五柳风景区还有很多关于二人的传说。在五柳风景区的导游图上有一幅《曲水流觞图》，生动反映了名士们自然纯真的精神状态。嵇康和刘伶是其中最引人瞩目的两位，嵇康身着华服，仰天而吁；刘伶手握酒杯，潇洒自得。嵇康是一位大诗人，也是多才多艺的艺术家，他身形俊美，仪表堂堂，喜欢穿着自己设计的服装出行。据说每当嵇康出游，常常有很多美女追随，她们仰慕嵇康的美貌。相比之下，刘伶相貌猥琐，形同侏儒。据说刘伶也喜欢模仿嵇康的样子，曾穿着华服出行，别人看到都掩面而走，目不忍视。

嵇康在中国历史上的地位有点类似于西方的达·芬奇，在许多领域他都是"一等一的高手"。嵇康的诗歌飘逸潇洒，灵气逼人，是魏晋时期最为重要的玄言诗人；他的诗歌像是林中的响箭，穿透灵魂，又像是雪夜的独舞，回肠荡气。嵇康还是音乐大家，不但长于操琴，而且自度曲调，一曲慷慨激昂的《广陵散》，堪称千古绝唱。嵇康精通求仙服食之术，他的养生学著作在养生界至今还很流行。嵇康和其他名士一样，都有一些令人难以理解的怪异行为，嵇康最为传奇的事情就是打铁。他不仅沉迷养生，还像一个铁匠一样专心打铁，这一怪异举动给后人留下无限的遐想。无论从哪个方面来看，嵇康都是一个彻头彻尾的艺术家，至于他身上那些艺术家的怪癖其实也是见怪不怪。

刘伶的怪癖就更发人深省了，经常以离经叛道的行为来冷眼对待这个荒诞的世界。比起嵇康，刘伶的生活态度要散漫得多。他没有嵇康的才华，也不像嵇康那样少年就有大志。刘伶大部分状态是手握酒杯，醉意朦胧，被称为"酒神"，他用全部人生来阐释酒文化的意义。酒文化在世界各地都有着悠久的传统，古希腊悲剧就起源于酒神祭祀的活动。尼采认为，悲剧的精神就在于酒神的迷狂状态。刘伶作为中国的酒神，赋予了酒文化很多新鲜的意蕴。刘伶与酒结缘，发现酒与艺术、酒与人生的微妙关系。杯中之物和中国诗歌乃至绘画都有着千丝万缕的联系，人在醉酒的状态下，可以进入一个迷离的艺术境界。当然，刘伶是以酒为媒，用酒来诠释他的生命意义。他用酒写诗，以酒为诗，把魏晋时期的诗酒风流精神发挥到淋漓尽致。关于刘伶的逸事，他裸身饮酒的故事是最为奇特的，也是流传最广的。刘伶曾裸身在室内饮酒，客人进屋找他，见此情景就嘲讽他。刘伶说：天地是我的房屋，室内是我的衣裤，你为什么要钻进我的裤裆里来？刘伶的生活状态就是如此，他常年蜗居在家，与酒为伍，这种彻底的不合作状态里有人生的彻悟，也有对当时黑暗现实的无声反抗。刘伶的人生状态本身并不值得提倡，可是面对当时的社会现实，这也是无奈之举。有人认为，刘伶是在用自残的方式来反抗社会，事实上，刘伶的所作所为也大有深意，看着身边好友一个个被迫害致死，刘伶难免有兔死狐悲之感，他的怪异行为也有避世自保的成分。事实证明，刘伶的人生选择起到了效果，嵇康因言致祸，早早就被当局迫害致死，而刘伶因为沉迷杯中之物，不理世事，竟然得以终老，确实这也是一桩让人欷歔不已的事情。

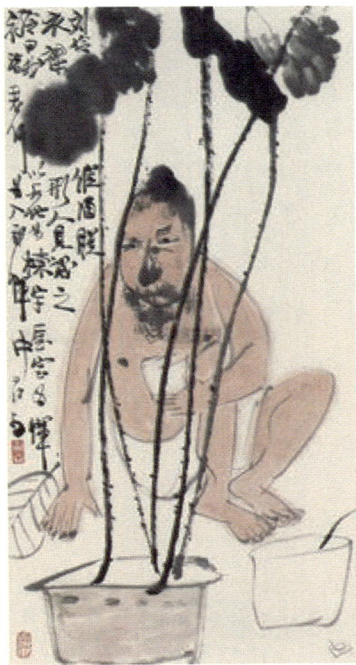

刘伶醉酒

　　嵇康、刘伶二人作为魏晋名士的代表人物，对后世文学艺术起到了至关重要的作用。他们最大的贡献在于，二人都是以生命来解读玄学思想，将玄学思想和人生态度结合，形成了中国文学艺术的基本审美风貌。中国美学崇尚自然，讲究神韵，这与二人的风流气质对后世的启示有关。当然，如果追溯起来，这股风流韵致的源头还是在道家思想，从庄子的《逍遥游》开始，就能看出端倪，后经郭象、王弼的玄学诠释，形成了有无相生、虚实变幻的玄学路数。而将玄学身体力行，达到人生完美境界的却是嵇康和刘伶，他们和竹林七贤的其他成员一道，对后世风骨、神韵、气韵、滋味、意境等审美观念的形成起到重要影响。他们身上总是能体现出庄子笔下那个"北冥有鱼，其名为鲲，鲲之大，不知几千里也……怒而飞……抟扶摇直上九万里"的道家艺术气质。当我们吟咏李白的"人生在世不称意，明朝散发弄扁舟"或者苏轼的"人生如梦，一樽还酹江月"时，我们似乎还能看到嵇康、刘伶的影子，能分辨出他们潇洒俊逸的风流神韵。

　　参考文献：

　　1. 宋绪连：《从崇史尚散到缘情趋俪——汉魏六朝散文审美大势》，《社会科学辑刊》2001 年第 1 期。

　　2. 邓乔彬、姚若冰：《论魏晋南北朝文化与文艺的多元》，《洛阳大学学报》2002 年第 3 期。

　　3. 祝菊贤：《音乐的本质与自然之道——嵇康〈声无哀乐论〉美学思想研究》，《文艺理论研究》2008 年第 4 期。

　　4. 傅正义：《建安文学的时代背景和艺术土壤》，《重庆工商大学学报》（社会科学版）2009 年第 6 期。

　　5. 刘太平等：《"建安风骨"的美学内涵及形成原因》，《东南大学学报》（哲学社会科学版）2005 年第 7 卷增刊。

　　6. 王巍：《论建安七子散文的艺术特色》，《阜阳师范学院学报》（社会科学版）2002 年第 1 期。

　　7. 战学成：《建安散文艺术简论》，《学术交流》2002 年第 5 期。

　　8. 鲁迅：《中国小说史略》，团结出版社 2005 年版。

六、江淮风物入彩笔
——刘禹锡、欧阳修、王安石等的安徽书写

刘禹锡的《陋室铭》

刘禹锡是唐代著名诗人、哲学家，贞元年间进士，授监察御史，后因参加反对宦官和藩镇割据势力的活动被贬为和州（今安徽巢湖）刺史。当时的和州知府是个势利之徒，他对刘禹锡故意刁难，一再降低其居室标准。按当时官员待遇，刘禹锡可以住三间居室，应该在衙门内居住，而他却把刘禹锡安排在城南面江的一个住处。刘禹锡并不埋怨，还撰写了一副对联贴在门上："面对大江观白帆，身在和州思争辩。"后来知府又让他搬到北门，房间也由三间减少为一间半。此房位于德胜河边，附近有一排排柳树。刘禹锡面对此景，又作了一联："杨柳青青江水平，人在历阳心在京。"（和州在秦代曾称历阳）知府见刘禹锡仍不以为然，就又让他住进一间只能容一床一桌一椅的小屋。身处逆境，刘禹锡仍泰然处之，特意撰写了《陋室铭》这篇流传千古的妙文：

山不在高，有仙则名。水不在深，有龙则灵。斯是陋室，惟吾德馨。苔痕上阶绿，草色入帘青。谈笑有鸿儒，往来无白丁。可以调素琴，阅金经。无丝竹之乱耳，无案牍之劳形。南阳诸葛庐，西蜀子云亭。孔子云："何陋之有？"

全文虽只有短短的 81 个字，但内容精粹，情味隽永，语言凝练，构思别致，音韵和谐，具有极高的艺术价值，深受后人推崇。

从主题看，《陋室铭》是通过对居室的描绘，极力形容陋室不陋，表现了作者不与世俗同流合污、洁身自好、安贫乐道的隐逸情趣。从立意看，本文的主旨是"斯是陋室，惟吾德馨"。这个主旨，作者在开篇处并没有点明，而是暗运斧斤，徐徐道出。《陋室铭》以衬托手法托物言志，并以反向立意的方式，只字不提陋室之"陋"，只写陋室"不陋"的一面，而"不陋"是因为"德馨"，从而自然地达到了抒怀的目的。从表达方式看，《陋室铭》集描写、抒情、议论于一体。文章借助陋室说理，以抒情的笔调表明作者高洁的品格，事中见理，景中显情。这样，作者就把闲情逸致、居室美景写得含蓄生动而又意蕴悠远。

《陋室铭》的写作技法运用繁杂，在 81 个字内运用了对比、白描、隐喻、用典、借代等手法，而且韵律感极强，读来如金石掷地又自然流畅，一曲既终，犹余音绕梁，让人回味无穷。从句式看，《陋室铭》以骈句为主，句式整齐、节奏分明、音韵和谐，给人一种视觉上的齐整之美。同时，文章又重在五言，间以四言、六言，一韵到底，而又句式参差，"何陋之有"又是散句，所以在句式上，《陋室铭》是骈散结合，节奏明快，语言错落有致，读来抑扬顿挫、和谐悦耳。我们与其视之为一篇阐述陋室"不陋"的散文，倒不如说这是一首赞颂陋室以显主人淡泊高雅之生活情趣的抒情诗。

刘禹锡塑像

欧阳修的《醉翁亭记》

《醉翁亭记》写于欧阳修任滁州太守的第二年（1046），其时因"新政"彻底失败，作者遇谗贬谪到滁州，内心非常痛苦，思想充满矛盾。他当时只有 39 岁，却自称为"苍颜白发"的"醉翁"，这有点自嘲的意味。滁州地处江淮之间，交通不便，民风淳朴。欧阳修虽壮年被贬，仕途失意，但不悲戚嗟叹，而是以积极的态度当好他的地方官，为百姓办事。滁州风光秀丽，欧阳修便寄情山水，以诗酒自娱，与民同乐，把内心的抑郁化解于山水与诗酒之乐中。

全文共分 4 段。4 个段落相互融合，虚实相间，相映成趣，纵览横观，美不胜收：

环滁皆山也。其西南诸峰，林壑尤美，望之蔚然而深秀者，琅琊也。山行六七里，渐闻水声潺潺，而泻出于两峰之间者，酿泉也。峰回路转，有亭翼然临于泉上者，醉翁亭也。作亭者谁？山之僧曰智仙也。名之者谁？太守自谓也。太守与客来饮于此，饮少辄醉，而年又最高，故自号曰醉翁也。醉翁之意不在酒，在乎山水之间也。山水之乐，得之心而寓之酒也。

若夫日出而林霏开，云归而岩穴暝，晦明变化者，山间之朝暮也。野芳发而幽香，佳木秀而繁阴，风霜高洁，水落而石出者，山间之四时也。朝而往，暮而归，四时之景不同，而乐亦无穷也。

至于负者歌于途，行者休于树，前者呼，后者应，伛偻提携，往来而不绝者，滁人游也。临溪而渔，溪深而鱼肥。酿泉为酒，泉香而酒洌；山肴野蔌，杂然而前陈者，太守宴也。宴酣之乐，非丝非竹，射者中，弈者胜，觥筹交错，起坐而喧哗者，众宾欢也。苍颜白发，颓乎其中者，太守醉也。

已而夕阳在山，人影散乱，太守归而宾客从也。树林阴翳，鸣声上下，游人去而禽鸟乐也。然而禽鸟知山林之乐，而不知人之乐；人知从太守游而乐，而不知太守之乐其乐也。醉能同其乐，醒能述以文者，太守也。太守谓谁？庐陵欧阳修也。

第一段写醉翁亭之所在，并引出人和事。以"环滁皆山也"五字领起，将滁州的地理环境一笔勾出。紧接着，作者将"镜头"从全景移向局部，先写"西南诸峰，林壑尤美"，后写琅琊山"蔚然而深秀"，再写酿泉，最后推出醉翁亭。这样层层递进，托出主景，引人入胜。"水声潺潺""峰回路转""有亭翼然"数语，写水，写山路，写亭，都神形兼备，给人以身临其境之感。从大山深处引出一亭，仅用几十个字，可见文笔之简练。醉翁亭既出，写景也暂告结束，转而为叙事抒情。作者用两个短句，自问自答，道出亭的来历："作亭者谁？山之僧曰智仙也。名之者谁？太守自谓也。"前一问答，明白无疑；后一问答，隐约其辞，为进一步解释说明留有余地。行文至此，"太守"闪现，却不言明身份，成为全篇的一个悬念。下文讲"醉翁"雅号的由来，也言简意赅。"饮少辄醉"，突出了一个"醉"字；"年又最高"，又暗含了一个"翁"字。两者合璧，遂有"醉翁"之号。"醉翁之意不在酒，在乎山水之间也"是全文的核心命意，为写景抒情定下了基调。"醉"和"乐"是表象和实质的关系，"山水之乐，得之心而寓之酒也"，就是将游玩观赏之乐融化在宴饮之中。

第二段写山中景色及出游之乐。先写早晚晴阴烟云变化，后写四时景物的不同。用对偶句描写，用散句收束，在整齐中寻求变化，抑扬顿挫，音韵谐美。如"日出而林霏开，云归而岩穴暝"，一写早，一写晚，各尽其妙而又互为照应。在写景中，又蕴含着事理的逻辑关系：因为"日出"，所以"林霏开"；因为"云归"，所以"岩穴暝"。这样，静态的描写又体现了动感，丰富了表现力。"野芳发而幽香，佳木秀而繁阴"是同样的句式，却又同中有异，节奏由二三变成了三二，形成错落之美。作者善于抓住景物的典型特征，将其以极为精练的语言刻画出来。如"野芳发而幽香"写春，"佳木秀而繁阴"写夏，"风霜高洁"写秋，"水落石出"写冬，句句落实，一字不虚。最后用"朝而往，暮而归，四时之景不同，而乐亦无穷也"作总结陈述，写朝暮四时的游赏，照应前面的描写，总归为"乐亦无穷"，余韵不绝。

第三段写滁人的游乐和太守的宴饮。这一段的描写，由景物转移到人事上。先写滁人之游，描绘出一幅太平祥和的百姓游乐图。在这幅图画中，有"负者"，有"行者"，有老人，有小孩，前呼后拥，往来不绝，十分热闹。这个游乐场景映在太守的眼里，就更多了一层政治清明的意味。写宴饮之乐，作者故意宕开一笔，不直入宴席，却从捕鱼酿酒写起，别有情致。宴饮所需，无论是酒还是鱼，无论是肉还是菜，都就地取材，不用外求。这样写，意在夸耀滁地的富足，表明野餐的简朴。同样，宴饮之乐，也没有王公贵族府第那样高雅，无管弦助兴。但射饮弈棋，猜拳行令，杯盏交错，"起坐而喧哗"的野趣，也是朱门高第的宴饮得不到的欢乐。这里，太守又一次闪现："苍颜白发，颓乎其中者，太守醉也。"作者以简笔勾勒出"醉翁"的自画像，醉在其中，是因为乐在其中。

最后一段写日暮醉归。这一段有描写，有叙事，更融入抒情和议论，托出全文的主旨。"夕阳在山，人影散乱"，寥寥8个字，写出了醉罢晚归的情景，笔调闲散，淡雅而有情致。接下来写"乐"的几种情境：一是"禽鸟之乐"，二是游人之乐，三是太守之乐。太守之乐的境界最高，他既知"禽鸟之乐"，又乐游人之乐；既能同醉，又能"自醒"。太守还能体察万物，反思人情，写文章来记述其事。那么太守是谁呢？及至文末，"太守"已出现9次，方才道出姓名，解开全篇悬念。文章也自然而止，且饶有余味。

欧阳修塑像

这篇游记佳作一出，盛传不衰。滁人唯恐失之，于庆历八年（1048）请人把全文刻在石碑上。后来又嫌字小字浅，怕日久磨灭，又请苏轼用真、草、行三种字体书写重刻，往来文人墨客乃至商贾都争相摹拓，可见其艺术魅力。这种魅力首先在于优美的意境。在作者笔下，醉翁亭的远近左右都是一张山水画。山与泉相依，泉与亭相衬，一幅画中，山水亭台，一应俱全，构成诗一般的优美境界，作者笔下的朝暮和四时之景，也都是优美的风景画，引人入胜。其次是写景和抒情的自然结合。文章先写到亭子的远景，接着写亭的近景，然后解释亭名的由来，直抒作者胸臆，道出名句"醉翁之意不在酒，在乎山水之间"，奠定了全文抒情基调。第三是结构的精巧。它的确很散，但散中有神，散而不乱，个中的原因是作者手中有一根金线。这根金线就是作者的主观感受——"乐"，醉中之"乐"。正因为如此，文章的起、承、转、合，就无不统摄于作者主观感受和体验的波澜起伏。写山水，是抒发"得之心"的乐；写游人不绝路途，是表现人情之乐；写酿泉为酒，野肴铺席，觥筹交错，是表达"宴酣之乐"；写鸣声宛转，飞荡林间，是显示"禽鸟之乐"，更是为着表现太守自我陶醉的"游而乐"。欢于万物，乐在其中，全文因景生乐，因乐而抒情，这样行文走笔，一路写出，围绕个"乐"而展开。语言的精美也是《醉翁亭记》的特色，清新秀丽，遣词凝练，音节铿锵，臻于炉火纯青之境，既有图画美，又有音乐美。

总而言之，《醉翁亭记》是北宋文学革新运动中的经典之作，他一扫唐五代文坛浮艳艰涩的流风，重塑了清新、秀美、刚健、婉转的文学风格。

王安石的《游褒禅山记》

王安石是北宋著名的政治家和文学家，"唐宋八大家"之一。他的作品很多，尤其散文成就最大。其散文多属政论性，具有语言简洁雄健、结构严谨、逻辑性强等特点。《游褒禅山记》是王安石早年的代表作，写于他执政之前，是宋仁宗至和元年（1054）任舒州通判时写的一篇游记，但游记只是形式，其意在说理。作者以游褒禅山（今安徽含山县城北）的见闻为喻，阐发了富有哲理性的见解：做任何事情，要想得到真正的、有价值的收获，必须树立坚定的志向，具有坚强的毅力，不避险远，勇往直前。全文分为3个部分：

褒禅山亦谓之华山，唐浮图慧褒始舍于其址，而卒葬之，以故其后名之曰"褒禅"。今所谓慧空禅院者，褒之庐冢也。距其院东五里，所谓华山洞者，以其乃华山之阳名之也。距洞百余步，有碑仆道，其文漫灭，独其为文犹可识，曰"花山"。今言"华"如"华实"之"华"者，盖音谬也。

其下平旷，有泉侧出，而记游者甚众，所谓前洞也。由山以上五六里，有穴窈然，入之甚寒，问其深，则其好游者不能穷也，谓之后洞。予与四人拥火以入，入之愈深，其进愈难，而其见愈奇。有怠而欲出者，曰："不出，火且尽。"遂与之俱出。盖余所至，比好游者尚不能十一。然视其左右，来而记之者已少。盖其又深，则其至又加少矣。方是时，予之力尚足以入，火尚足以明也。既其出，则或咎其欲出者，而予亦悔其随之，而不得极夫游之乐也。

于是予有叹焉。古人之观于天地、山川、草木、虫鱼、鸟兽，往往有得，以其求思之深，而无不在也。夫夷以近，则游者众；险以远，则至者少。而世之奇伟、瑰怪、非常之观，常在于险远，而人之所罕至焉，故非有志者不能至也。有志矣，不随以止也，然力不足者，亦不能至也。有志与力，而又不随以怠，至于幽暗昏惑而无物以相之，亦不能至也。然力足以至焉，于人为可讥，而在己为有悔；尽吾志也而不能至者，可以无悔矣，其孰能讥之乎？此予之所得也。

予于仆碑，又以悲夫古书之不存，后世之谬其传而莫能名者，何可胜道也哉？此所以学者不可以不深思而慎取之也。

四人者，庐陵萧君圭君玉，长乐王回深父，予弟安国平父、安上纯父。至和元年七月某日，临川王某记。

从开头至"而予亦悔其随之，而不得极夫游之乐之"为第一部分，只写游山的见闻和经过。文章首句开门见山点明所游之地，照应题目。接着，文章介绍了褒禅山名称的来历，考证了禅院的由来，引出了华山洞的位置及其命名缘由的说明，为下一层记游叙述做铺垫。文章进而辨明碑文音读之误，为第四自然段的议论铺设伏线。作者没有运用彩笔去描绘山水的明媚秀丽，而着重通过事物本原的考察和探索，使景物方位分明，作者行踪清楚。这段文字看上去似乎显得"平淡"，但是，这都是作者妙笔独运之处。读者可以从"平淡"的记叙中领略景物各自不同的特点，条理清晰，也能从中体会到作者严谨的治学精神。

　　第二自然段紧扣一个"游"字，继续写游华山洞的经过。作者一开始用简洁的语言略写了前后洞的概况，便顺势而下，详细地记叙游后洞的情景。为了探求后洞的奥秘，"予与四人拥火以入，入之愈深，其进愈难，而其见愈奇"。这句话既是游后洞经过的概括叙述，又是下文议论的事实依据。由于作者不以记游为文章重点，而是借题发挥，抒发感想，所以下文没有继续写后洞之"深""难""奇"。作者笔锋一转，叙述出洞的缘由："有怠而欲出者，曰：'不出，火且尽。'遂与之俱出。"这一"入"一"出"，作者深有感触。他发现洞越深而游者越少，"予之力尚足以入，火尚足以明"，只因同游者欲出，自己盲目跟随，为自己"不得极夫游之乐"而悔之莫及。作者未能极尽游兴，但所见所闻都为下文说理议论做铺垫。

王安石

　　从"于是予有叹焉"至"此所以学者不可以不深思而慎取之也"为第二部分，是文章的议论部分，是在第一部分的基础上，写游山所悟出的哲理。"于是予有叹焉"，承上启下。承上，使文章由第一部分自然过渡到第二部分；启下，是第三自然段的统领。接着，作者就游华山洞不能"极夫游之乐"的遗恨，抒发感慨，纵横古今，层层披露游山所悟出的哲理。作者先分析"古人之观于天地、山川……""往往有得"的原因，是因为他们不只是观，更重要的是由于他们能"求思之深而无不在",进而联系对照自己游山的所见所闻:"夷以近,则游者众;险以远,则至者少。"由此,作者得到启示:"世之奇伟、瑰怪、非常之观,常在于险远,而人之所罕至焉。"进而,作者又以自己游后洞不得"极夫游之乐"的教训中体会到,要想到达人迹罕至的险远之地,欣赏"奇伟、瑰怪、非常之观",撷取瑰丽之奇葩,"非有志者不能至","力不足者,亦不能至","无物以相之,亦不能至"。这里作者揭示了"志""力""物"这三者的辩证关系:首先要有志,虽然有矢志不渝的决心,但力量不足也不能至;尽管志向坚定力量充足,然而到了幽暗昏惑之境地,如果没有外物相助,也不能至。这是作者写这篇游记所要阐明的道理,是本文的中心所在。正是基于"志""力""物"缺一不可的认识上,作者认为有力量可达险远之地,而没有至,别人就会讥笑,自己也应悔恨;如果尽了力而没有力量达到的,别人无法讥笑,自己也问心无愧。这里,作者用"此予之所得"做这段议论的小结,照应段首"于是有叹焉",使文章前后呼应,首尾连贯。

最后一个自然段为第三部分,这是游记的结尾,记叙同游者的名字和游山时间,既照应前文,又对"予与四人拥火以入"补叙。这种记叙方法,使文章结构非常紧凑。

这篇文章记叙和议论紧密结合,记叙时句句为后面议论做伏笔,议论时,又处处紧联前面记叙,前后呼应,环环相生,记叙使议论的抽象道理阐述得生动形象,议论使具体的记叙增加思想深度。无论记叙还是议论,作者运笔详略得当,重点突出。如游华山洞,作者以后洞为记游重点。第二部分所阐述的两条道理中,说明第一条道理时极力渲染,说明第二条道理时则高度概括。这样详略得当的写法,有力地突出了文章的重点。而且,文中所体现的作者缜密严谨的思想、奋发向上的态度和不顺从流俗的作风,我们似乎可以从中看到4年后走上变法之路的未来改革家的影子。

七、搜奇记逸作剧谈

——康骈《剧谈录》与郭彖《睽车志》

笔记小说是中国古典小说的重要类型。它多非有意识、有目的的小说创作，而是以史家的态度记录人或事，兼有史料笔记和小说故事两种文体特征，平直纪实中有增饰敷衍、虚说游词，婉转虚设处又追本溯源、一辨再辨。笔记小说篇幅短小，内容驳杂，举凡奇人逸事、怪谈琐闻、传说掌故、寓言笑谈等，多有涉及，无所不有，是我国古代取材和涉猎范围最为广泛的小说文体。笔记小说大体是依照史书体例而作，深受史书的影响，虽然多是里巷闲谈的逸闻轶事，却也标榜确有其事，着意追求实据。在艺术表现上，笔记小说的篇幅短小，故事情节多为直线发展，鲜有铺张，也少见对于人物形态和心理的描写，内部篇章之间相互独立，很少有联系。尽管笔记小说在许多细节之处虚构敷衍，但在整体和宏观的角度，却高度真实地记录了当时的社会现实，是极其重要的历史遗产。

魏晋六朝是中国小说发展的第一个高峰，笔记体小说是其主体。所作多为"张皇鬼神，称道灵异"者，如干宝《搜神记》、据传为陶潜撰《续搜神记》、刘义庆《宣验记》、王琰《冥祥记》等，这些作品虽然搜神志怪，但当时人信"人鬼乃皆实有，故其叙述异事，与记载人间常事，自视固无诚妄之别矣"（鲁迅《中国小说史略》），因此并非有意为小说。除此之外，也有记人间事者，"或者拾掇旧闻，或者记述近事"，与志怪不侔。与魏晋以来注重品藻人物之风相应，此类小说也多记人物语言、举止，以见人物风神，代表性作品则有刘义庆《世说新语》。这一时期笔记小说的笔法，往往以简约凝练为特征，篇幅短者仅有一两句，长者也不过几百字而已，粗陈梗概，以片言只语表现人物的某一特性，质朴自然，不饰藻绘，其特性在于"传神"。

而到了唐代，小说发展到第二个高峰，"虽尚不离于搜奇记逸，然叙述宛转，文辞华艳，与六朝之粗陈梗概者较，演进之迹甚明，而尤显者乃在是时则始有意为小说"（鲁迅《中国小说史略》）。其特性已转变为"传奇"，其所记者，不仅有鬼神灵异之奇，更有当时当世的人事之奇。此时的作品文辞华艳，敷衍增饰，充满浪漫主义色彩。当下所称唐传奇多指那些"篇幅曼长，记叙委曲""专书一事始末，不复比类为书"者，此类小说已接近现代意义的短篇小说，不宜以笔记名之。而除此之外，仍有大量继承魏晋六朝传统的笔记体小说，如好奇尚怪的志怪书与记载朝野逸闻的笔记杂录之类。然而，小说著述虽体例不同，各承家法，但在成书过程中却是同条共贯，难以割裂，并没有一个鲜明的界限。其中有既作意好奇，又力求征实崇信者；有既叙事委婉，又简约凝练者。许多作品兼有多种体裁特征，难以定性，康骈所著《剧谈录》即是如此。

唐末康骈《剧谈录》

康骈（一作軿），字驾言，生卒年不详，池阳（今安徽池州）人。唐懿宗咸通年中，康骈曾旅居京城，应进士举约10年，僖宗乾符五年（878）及第，六年（879）登博学鸿词科，官至崇文馆校书郎。后遇黄巢战乱，归池州故里。不久复出，历中书舍人，莫详所终。其作品除《剧谈录》外，《宋史·艺文志》别集类著录《九笔杂编》15卷，当是其诗文集，今不传。《全唐诗》卷八九〇录其诗《广谪仙怨并序》一首，当是从《剧谈录》中所采。

《剧谈录》，康骈自序云作于昭宗乾宁二年（895）。所述者多是唐天宝以来的朝野见闻，兼述传奇灵怪之事。康骈《剧谈录·序》云：

咸通中始随乡赋，以薄伎贡于春官，爰及窃名，殆将一纪。其间退黜羁寓，旅乎秦甸洛师，所见异闻，常思纪述。或得史馆残事，聚于竹素之间，进趋不遑，未暇编缀。及寇犯天邑，挈归渔樵，属江表乱离，亡逸都尽。景福、乾宁之际，耦耕于池阳山中，闭关云林，罕值三益。而又环堵之内，阒于坟典，思欲叙他日之游谈，迹先王之轨范，不可得矣。然则平昔之道，本为于文，既未能立匡世之功名，又安得舍穷愁之翰墨。因想时经丧乱，代隔中兴，人事变更，邈同千载，寂寥埋没，知者渐稀。是以耘耡之余，粗成前志。所记亦多遗漏，非详悉者，不复叙焉。分为二编，目之曰《剧谈录》。文义既拙，复无雕丽之词，亦观小说家流，聊以传诸好事者。

由此可知，《剧谈录》的创作是由于康骈于故乡池阳避乱之时，因山中缺少文献，无法治学，为排解寂寞，便将自己平日耳闻目见的"所见异闻"与"史官残事"辑录成册，即为《剧谈录》。明代毛晋所著的《汲古阁书跋》中则称"唐人最拈弄小说"，于鞅掌簿书之暇尽日有所录，积久成编，此乃继承魏晋以来文人创作的传统；况且"时至咸通迨以乾宁，其间韵事，足新耳目，况三辅曲江士庶，都冶景物，为之点次，事事俱堪择拾也。康校书能无技痒乎？"因此好奇尚异的心理特征也是促成康骈写作此书的又一动因。《剧谈录》的写作完全依靠作者的回忆，因此"所记亦多遗漏"，且"率意为之"，不作语言结构上的推敲，因此作者自谦为"小说家流，聊以传诸好事者"。《四库全书总目》将其著录入"小说家·异闻类"，评其为"稗官所述，半出传闻，真伪互陈，其风自古，未可全以为据，亦未可全以为诬，在读者考证其得失耳"。总的来说，《剧谈录》在性质上是一部笔记体与传奇体混合的作品，是唐人小说由传奇向逸事过渡的标志之一。

清末刻印的《剧谈录》

今本《剧谈录》两卷，上卷20条，下卷22条，共42则。因其内容多涉神怪不经，故《太平广记》将其采入。如今的《剧谈录》，也有可能因原本散佚，后人反从《太平广记》中择出汇编。《剧谈录》所记的内容，基本上是中晚唐的故事，既有奇人侠士，又有怪诞神灵，但更多的是史料纪实，涉及晚唐诸多名人。这些故事往往以"神""异"为表象，以情节叙述为衬托，曲折而真实地反映当时的社会现实，歌其所敬，抨其所弃，抒其所想。作品文字简洁典雅，鲜有"雕丽之词"，但行文之处，生动传神，多有可圈可点之处。李慈铭《郇学斋日记》壬集下五五云："此录虽多涉神怪琐事，然如纪郑畋之忠义，及《含元殿》《曲江》诸条，犹有裨于史事。"

康骈自序即云《剧谈录》为"得史馆残事"，不少篇目似为真人真事，如作者自谓记述"所见异闻"，但作者本意在写小说，所记故事曲折可观，比之史书更加生动细致，堪补正史之缺。书中不少条目记载了诸多朝堂之上的名人逸事，许多人物事件在正史中并无涉及或仅一笔带过，而康骈则以更加生动和细致的笔墨一一道来，如：

卷上《宣宗夜召翰林学士》，记宣宗召令狐绹事，康骈十分详细地记载了唐宣宗与令狐绹的对话内容，比《新唐书》等正史所载更为详尽。

卷上《袁相雪换金县令》则详述袁滋为宰邑洗脱嫌疑始末，使得正史所言甚简的事件变得饱满生动起来。

卷上《李朱崖知白令公》，不仅叙述了李德裕荐白敏中为翰林学士，更细述李德裕早在此前便资助白敏中，补充了李德裕奖掖寒门之士的事迹。本篇中所述的白敏中大中年间平吐蕃、收复河湟事，诸史皆不载。

卷上《龙待诏相笏》，叙路相国与于都尉不协。

卷下《刘相国宅》，叙刘瞻被贬，郑畋为之草制，均反映了当时复杂的朝野之事。

除这些朝堂逸事外，《剧谈录》中谈神鬼灵怪的故事，占有较多篇幅，如卷上《王鲔活崔相公歌妓》《华山龙移湫》、卷下《崔道枢食井鱼》等。尤其一些武侠故事，写得婉转曲折，可圈可点，如：

卷上《潘将军失珠》，描写盗珠的三鬟女子身怀绝技，踢蹴鞠直高数丈，登塔顶疾若飞鸟。《潘将军失珠》甚至被《初刻拍案惊奇》卷四《程元玉店肆代尝钱，十一娘云冈纵谭侠》采入，可见《剧谈录》对后世小说的影响。

卷上《田膨郎偷玉枕》中的小仆身手矫健，为报答主人的恩惠，抓住了偷盗宫中玉枕的田膨郎。其神奇惊险之处，颇有唐传奇中的《聂隐娘》《红线传》《昆仑奴》的风采。

卷上《御史滩》《王侍中题诗》、卷下《白傅乘舟》《元相国谒李贺》等篇目，则是以简洁明了的语言刻画人物的言行，类似于魏晋时期的《世说新语》。

在记述人物事件的同时，《剧谈录》中也记录了不少文人诗歌，其中不少是他书未载。如卷上《李朱崖知白令公》所录白敏中、魏扶、马植、崔铉诗，卷下《玉蕊院真人降》所录严休复、元稹、刘禹锡、白居易诗，《老君庙书》所录杜工部、卢尚书诗，等等。《剧谈录》最后附述大中、咸通之后应试士人中有文名者及其各擅文章、辞赋、律诗、古风，具有十分重要的文学价值。

《剧谈录》是康骈多年的耳闻目见，曲折而真实地反映了晚唐的社会现实，如：

卷上《龙待诏相笏》，所载龙待诏、丁重听声揣骨事，反映了当时相笏听骨已成风气的现实。

卷下《刘相国宅》《李相国宅》，描写当朝重臣的宅邸别墅，豪华奢侈。

卷下《含元殿》，描写宫殿雄伟壮丽，可一窥当时社会的豪华盛况。

卷下《慈恩寺牡丹》，叙唐朝赏牡丹盛况，《曲江》叙曲江游园之盛，从中可见唐人的社会风气。

卷下《真身》，记载咸通十四年（873）懿宗迎佛骨之事，其中对佛骨、长安盛况的描绘十分详细。

《剧谈录》中还有一些篇目，文笔波俏骀荡，流转自然，颇能引人深思，有很高的思想性。

卷下《宰相布施》，写乾符中某宰相在路边施钱济贫，向百姓施以小恩小惠，此举不过是为了沽名钓誉。

《洛中豪士》讽刺纨绔子弟之不知民间疾苦，平日奢侈无度，穷极口腹之欲，非炼炭炊馔不食，后来遇乱饿了3天，在村口小店吃一碗脱粟饭，竟觉得"粱肉之美不如"。这些篇目针砭时政世俗，寓意甚明，发人深省。

《剧谈录》大抵是康骈依靠回忆而作，难免出现混乱和遗漏，以致书中有许多篇目不堪考证，与史实不符。这些篇目常常不为人重视，后人常以为其荒诞无理，无史料价值。然而，康骈的写作意图是严肃的，是将其作为史实来看待并加以记录的，即使某些篇目在细节之处经不住考证，但仍在整体上一定程度地反映了中晚唐的社会现实，最为典型的当属卷下《元相国谒李贺》。该篇叙述元稹拜谒李贺，但其所记事件与元稹、李贺的生平并不相符，属于误传。虽然该篇所记的并不是元稹与李贺之间发生的真实事件，但其事件本身和背景却从侧面反映了重要的历史信息：在当时社会，文人相惜相轻、相互拜谒酬唱是普遍的现象。陈寅恪对此独具慧眼："《剧谈录》所记多所疏误，自不待论。但据此故事之造成，可推见当时社会重进士轻明经之情状，故以其通性之真实言之，仍不失为珍贵之社会史料也。"

又如卷上《郭邻见穷鬼》篇，语涉鬼怪，事本不经，然其所叙的王生于平康坊内遇伎而终至穷困之事，与唐传奇名篇《李娃传》如出一辙，反映了当时豪强子弟因狎妓而致贫匮的情况实为司空见惯。因此，决不可因其与史实有所出入而忽视《剧谈录》"通性之真实"的一面，这对考察唐代社会各方面状况都有十分重要的意义。

从文学史及小说发展的历程来看，唐代的笔记小说有着承上启下的作用和地位，其上继魏晋六朝的笔法，其后又有宋代小说承接而来。继魏晋小说的"传神"、唐代小说的"传奇"之后，宋代小说日益呈现"传信"的特性。不止作史料笔记时严谨不苟，征实崇信，即使是谈鬼说怪，也不肯加以雕饰，故弄玄虚，与唐人小说的率性洒脱截然不同。

宋朝的志怪小说，基本上都是平铺直叙，娓娓道来，于平中见奇，力求用质朴无华的语言，展现神奇怪诞的艺术世界。《夷坚志》是志怪小说继《搜神记》之后的又一个巅峰之作，其洋洋数百篇，卷帙浩繁，取材繁杂，所叙虚幻荒诞之事，却多事简文直，平实质朴。《夷坚志》在当时流传颇为广远，说书艺人无有不览。在其成书前后，出现不少谈神论怪之作，可见当时世人迷信巫鬼、喜谈鬼神的风气之盛。《睽车志》即是在《夷坚志》影响之下的作品。

南宋郭彖《睽车志》

《睽车志》为南宋郭彖所撰，共一百四十事。郭彖字伯象（一说次象），生卒年不详，和州（今安徽和县）人。据说，《睽车志》是郭彖为迎合宋高宗喜爱鬼神事而作，张端义《贵耳集》卷上曰："宪圣在南内，爱神怪幻诞等书，郭彖《睽车志》始初，洪景卢《夷坚志》继之。"然而，《睽车志》写于孝宗年间，其问世晚于《夷坚志》甲乙丙丁等志，实际上是《夷坚志》影响下的产物。

《睽车志》书名取自《易经》睽卦："上九，睽孤，见豕负涂，载鬼一车。"与洪迈《夷坚志》取名自《山海经》相似，均可谓善立名者。书中所载，多高宗、孝宗年间之事，不少北宋汴京旧闻也有录入。在各条故事结尾，均注明据何人所说，以资佐证，这是南宋小说十分常见的格式。

书中所记内容取材繁杂，凡梦境幽冥、冤对报应、仙鬼神怪、医卜妖巫等等，无不收录，题材颇广。其文大多神奇诡异、虚诞荒幻，初无深旨，大部分不过猎奇而已，如：

卷一南宋建炎初，于长安近城官道旁，发掘出古墓一座，内有古铜钟鼎，皆为三代遗物，墓壁上所绘之冠服，与宋制大同小异。

又北宋治平九年福建漳州地震，有狗自地裂口奔出，其洞口却枝叶蔚然。

其他如蛇能作人笑、群鼠着袍帻闹怪、女鬼以粥育儿、盆水变作牡丹花状、水瓮中生出灵芝等等，不一而足，预言吉凶祸福、生死怪诞之事，充斥全书。

也有不少故事，旨在宣扬因果报应，以资惩恶扬善，这也是宋代志怪小说在内容上的一个普遍特点，如：

卷二沧州妇人幼年孤苦，以卖果养母，30 年唯饮水而不饥。

卷三常州村妇事盲姑至孝，盲姑偶以溺器盛饭，村妇以最洁者奉姑，次者奉夫，自食最恶臭者，其孝感天，后得一布囊，内中储米，但食之不尽。反之，那些行不孝不善之举者，则被上天责罚。

卷二有子不敬其母，被晴天霹雳劈死。

卷三提刑李稷臣滥杀无辜，后来每当他独坐时，即见被杀者在旁，3 年后，遍体生疮而死。

又卷六刘尧举者，曾调戏过船家女，尽管他文章写得不错，上天却令其科举终生不第。

书中借荒诞不经的怪异故事，阐明因果报应，以资惩恶扬善，李贽在《选录睽车志》序中认为："不知者以为好怪，其知者则以为可与《因果录》《感应篇》同观。"但说的也只是少数篇目而已。

《睽车志》为作者据闻而记，来源非一，且鲜有润饰，大部分故事缺乏吸引力，但也有些颇具韵味的篇目，如：

卷五李通判女，写陈察推中年丧妻，有两女尚未出嫁，不禁悲不自胜。李通判女却自愿嫁他，持家嫁女，事毕后李女却又如大梦初醒，离婚再嫁，原来李女为陈察推亡妻附魂而来，与陈生毕其姻缘。其想象奇特，构思奇巧，描摹细节亦委婉详尽，颇可一观。

《睽车志》插图

最好的作品当推卷四马绚娘，写三衢寺旁亡女马绚娘与士人相恋，继而复生生子，有研究者称汤显祖《牡丹亭》即取材于此，"马绚娘"即"杜丽娘"也。

《睽车志》对社会现实生活的反映，较《夷坚志》稍逊色。然与后者相比，作者的思想已悄然发生了变化，不再局限于儒家倡导的封建伦理道德，如卷五李通判女中所体现的爱情观，便迥然不同于前。李女虽为陈察推亡妻附魂，然李女不顾年龄和地位的悬殊以及容貌的丑陋，执意要与陈察推结为伉俪，是基于对其"笃于情义"的敬重。这种全新的女性艺术形象，在以前的志怪小说中是较少见到的，可惜在《睽车志》中也是寥寥可数，但无论如何，这都是一种进步。

书中也有的故事，没有丝毫神怪色彩，内容上却耐人咀嚼，引人深思，卷六刘先生不为物累篇，叙刘先生身居贫贱，每日出门乞钱，归则清洁佛像，有门不掩，习以为常。一日有人赠以新衲袍，从此他的生活失去平衡，总是担心新衣被盗，日夜不安。直到某一日忽然了悟，脱下新袍赠人，自己仍着旧衣往来于市，内心这才恢复了平静。可见，不追名逐利、心无挂碍的人，方能坦然自在。其中的人生哲理，颇能发人深省，耐人寻味。

参考文献：

1. ［唐］康骈：《剧谈录》，古典文学出版社 1958 年版。

2. ［宋］郭彖：《睽车志》，中华书局 1985 年版。

3. 李晖：《〈剧谈录〉及其作者史实考辨》，《安徽广播电视大学学报》2005 年第 6 期。

4. 宁欣、史明文：《笔记小说的演变与唐宋社会研究》，《西北师范大学学报》（社会科学版）2002 年第 9 期。

5. 周笑添、周建江：《中国古代城市笔记小说的源、流、变》，《西北师范大学学报》（社会科学版）1995 年第 4 期。

6. 毕彩霞：《〈新唐书·艺文志〉著录小说集解》，华中师范大学 2006 年硕士学位论文。

7. 赵章超：《宋代文言小说研究》，四川大学 2003 年博士学位论文。

8. 薛琪薪：《〈类说〉所收唐人笔记小说研究》，上海师范大学 2012 年硕士学位论文。

9. 胡之昀：《论唐代的笔记杂录》，华东师范大学 2005 年硕士学位论文。

10. 韩晓婵：《〈剧谈录〉笺证》，南京大学 2011 年硕士学位论文。

八、幽梦一帘花影深

——张潮和他的《幽梦影》

一

张潮，字山来，号心斋，又号三在道人，安徽歙县人，是清初著名文人和出版家。他生于顺治七年（1650），卒年不详。其父张习孔，字念难，顺治六年（1649）己丑进士，历官刑部侍郎、山东督学金事等，也是清初有名的著作家，有《周易辨志》《系辞学训》《檀弓问》《云谷卧馀》《家训》等多种著作。张潮出身贵介，家境富裕，其家"田宅风水，奴婢器什，书籍文物"一应俱全。由于受到家风熏陶和良好的教育，张潮没有沾染上流社会子弟常有的纨绔习气，而是"性沉静，寡嗜欲，不爱浓鲜轻肥"。张潮自幼"颖异绝伦，好读书，博通经史百家言，弱冠补诸生，以文名大江南北"。

张潮早年曾致力于举业，"十有三岁始为八股"。康熙三年甲辰（1664），"受知于温陵孙清溪夫子，得补博士弟子员"，"舍子衿而就明经。乃簿书期会"，分别于康熙二年（1663）、五年（1666）参加科举考试未中；康熙八年（1669）再试，又未中，授贡生；康熙十一年（1672），再试，又未果。从13岁到26岁，张潮于科场浮沉十余载，然而除了15岁中了个秀才以外，其后一直名落孙山，屡考不中。张潮深受打击，"嗟乎！遥计自己乙卯溯于甲辰，积十有二载，星次为之一周，时物可兹迭变，人生几何？谁堪屡误，又况此十二年间苦辛坎坷，境遇多违，壮志雄心，销磨殆尽，此是而后，安能复低头占毕以就绳墨之交为哉"？康熙十四年（1675），张潮侨居扬州，投身商贾，从此淡于科举，以著书、刻书、编书为乐。

扬州自唐代以来一直是繁华的大都会，不但商贾云集，也汇集了众多的文人雅士。张潮生性旷达，"性爱客，客常满座"，"淮南富商大贾惟尚豪华，骄纵自处，贤士大夫至，皆傲然拒不见。惟居士开门延客，四方士至者，必留饮酒赋诗，经年累月无倦色；贫乏者多资之以往，或囊匮则宛

张 潮

转以济：盖居士未尝富有也，以好客，故竭蹶为之耳。"与张潮往来的，不仅有闻名的前辈和当时的名流，也有当时名不见经传的人士，如黄周星、冒襄、余怀、孔尚任、王晫、张竹坡等。他们雅集唱和，赋酒联诗，"佳客与之论文晰道理，计经济之学，辨上下古今"。

在扬州，张潮的宅院拥有两处特别的建筑，一处是他的书房"心斋"，一处是他编刻书籍的"诒清堂"。前者使他区别于那些脑满肠肥的商贾巨富，后者则使他有异于自己的同辈友人。主要原因是，在当时的社会，出版文集是一件非常艰难而严肃的事情。无论是闻名于世的文坛巨匠还是默默无闻的士子文人，都梦想有朝一日能将自己的作品刻版付梓，刊印天下。然而这并不是一件容易的事。一个人不仅要有才，还要有财，才能将自己的著述刊刻成书。正是凭借这间私家书坊，张潮得以出版了自己的一系列作品并使之流传后世，如《心斋聊复集》《心斋诗集》《心斋诗幻》《心斋集字诗》《集李诗》《集杜诗》《八股诗》《唐音丹笈》《亦禅录》《心斋杂俎》《笔歌》《下酒物》《唐诗酒底》《牌谱》《韵牌》等。这些作品虽然颇富机心，形式华美，但终究在很大程度上是游戏笔墨的产物，并未能给他增添多少声誉。使他一举成名的是《虞初新志》《檀几丛书》和《昭代丛书》这三部大型丛书。

《虞初新志》是一部短篇文言小说集，所收录的多为明末清初人所著的类似传奇的短篇文言小说。其中多为真人真事，而且是名家名篇，少有虚构成分。如魏禧的《大铁椎传》、钱谦益的《徐霞客传》、吴伟业的《柳敬亭传》、方苞的《孙文正黄石斋两逸事》、侯方域的《郭老仆墓志铭》、周亮工的《书戚三郎事》等，都具有很高的文学和史料价值。张潮在"自叙"中称："其事多近代也，其文多时贤也，事奇而核，文隽而工，写照传神，仿摹毕肖。"其中不乏反映社会现实和士大夫操守的优秀作品。书中题材广泛，多为奇人异事。如宋曹的《义猴传》、方亨咸的《武风子传》、王士禛的《剑侠传》、陈鼎的《毛女传》、魏学洢的《核舟记》、林嗣环的《口技》等，"读之令人无端而喜，无端而愕，无端而欲歌、欲泣，诚得其真，而非反得其似也夫"，颇能引人入胜。"虞初"本是西汉的小说家，后被用为小说家或小说的代称，涌现《虞初志》《续虞初志》这样的小说书。张潮则在自己的《虞初新志》里，辑录当代人所写的当代传奇故事，借以反映现实生活。虽非开创体例之作，却在此系列之文言小说中，影响最大。清代郑澍称其"事非荒唐不经，文无鄙俚不类。较之汤临川之续合虞初原本，光怪陆离，足以凿方心，开灵牖，弥觉引人入胜"，以至"几于家有其书矣"。

《檀几丛书》《昭代丛书》则专门收录时贤的杂著短文。张潮为文，不喜鸿篇巨制，而好短篇小品，他认为，许多文章"精言妙义"，然而往往因篇幅短小而不能独立成书，颇多散佚，如收入丛书，"譬之集千狐之腋以为裘，合五侯之鲭而作馔"，则"零金碎玉，赖此不泯"，得以"通行传世"。此举得到了当时文坛的肯定，为《昭代丛书》作序的尤侗盛赞张潮"荟萃他人之作，采拾匠心"，"探颐索引，博览旁搜，有出于经史子集四库之外者"。

小品文兴于魏晋，一般篇幅短小，而风格清新隽永。晚明时期，随着个性解放思潮的涌起，在公安"三袁"的推动下，小品文被重新发现并成为受到重视和喜爱的文体，后来直接影响了一批清初作家。当时的文人寄情于琴棋书画或山水田园，以悠然闲适的心境，体验、品味生活中的乐趣与诗意，他们的心得感悟或世相识见，往往出之于小品文。这种格言式、札记式或随感录式的精短文字，或称"杂语"，或称"小语"，或称"清语"，其风格或空灵飘逸，或清新隽永，或冷峻峭拔，或诙谐幽默，或精辟凝练，或闲适淡雅，充满了美的情趣与韵味。清代小品文作品繁多，如余怀的《板桥杂记》、沈复的《浮生六记》、李渔的《闲情偶寄》等。而张潮的《幽梦影》可说是其中一部比较特别的作品，自问世以来一直受到读者的喜爱和好评，近现代学人甚至推尊其为明清小品文的典范之作，林语堂曾将《幽梦影》译成英文介绍给世界读者。

二

《幽梦影》分上下两卷，通篇是语录格言式的清言隽语，共计219条。《幽梦影》这个书名看似略带脂粉气，但内容却灵动自然，别具格调，既有诗词的清丽，又有哲理的隽永。在《古今说部丛书》中既不属于"文艺"，亦不属于"杂说"，而是特别标目为"清供"，如同陈设于案头的供品珍玩，清新雅致，令人爱不释手。王晫为《幽梦影》所作的序中，称此书"有快若并州之剪，有爽若哀家之梨，有雅若钧天之奏，有旷若空谷之音。创者则如新锦出机，多情则如游丝袅树。以为贤人可也，以为达人、奇人也可，以为哲人可也"。可见评价之高。

此书名曰"梦"曰"影"，杨复吉在为《幽梦影》作的跋中称，书名"盖取六如之义"。而孙致弥则在其所作的序中解题曰："吾闻海外有国焉，夜长而昼短，以昼之所为为幻，以梦之所遇为真。又闻人有恶其影而欲逃之者。然而梦也者，乃其所以为觉；影也者，乃其所以为形也耶。"《金刚经》有云："一切有为法，如梦、幻、泡、影，如露亦如电，应作如是观念。"《幽梦影》所谈论的，一方面是对无常生命的体悟，另一方面又是对这无常生命的执念。书中无论是说诗论文、吟风弄月，还是描述人情世态，谈论养生之道，虽信笔而作，寥寥数言，却如片玉碎，满含生命情趣与人生况味，以及对自然与人生的热爱与感悟，给人以美的熏陶，启人以妙想哲思。

中国式的文人，以儒家立身，总以经世致用为己任，有着根深蒂固的对社会人生的责任感。但中国的文人，又常常与主于出世的佛道思想有着千丝万缕的联系。在修身治国、礼仪纲常之外，心底又有一座安和闲逸的桃源，倾心于清闲散淡的悠然，心有余裕，便寄情山水。但这并不意味着逃避，不是消极的人生，而是艺术化了的人生，或人生的艺术化。事实上，他们将儒释道汇为一炉，作为基本的思想资源，用以阐释自己的真实生命体验，同时让他们在进退出入之间，都能获得心灵的慰藉；而中国传统思想中超越性的一面，沟通了他们的审美心胸，也给他们带来了一个超越性的审美视界。《幽梦影》中所表现出来的，正是中国文人所共有的生活态度和审美情趣。借助这扇幽窗，可以发现生活中诸多平凡事物，只要认真体悟，都隐藏着幽微的生命学问。

"为万物造像"

三

《幽梦影》一书的内容包罗甚广，举凡修身养性、读书交友、人生感悟、世情观察、谈诗论艺等等，概有涉及。总起来看，可分为"人生感悟"与"生活闲赏"两大类。无论是"体悟"还是"闲赏"，都与美妙的自然景物密不可分。

中国传统文化自然观发达，中国文人惯于寄情山水田园，从自然物中寻求心灵安慰："借山水之奇观，发耳目之昏聩，假河海之渺论，驱肠胃之尘土。"在《幽梦影》中，张潮丝毫不掩饰自己对自然景物的热爱，而且不厌其烦地反复探究，不同的景物需要与怎样的时间情景相配合，方能营造最大的美感。如"春听鸟声，夏听蝉声，秋听虫声，冬听雪声；白昼听棋声，月下听箫声；山中听松声，水际听欸乃声，方不虚生此耳。若恶少斥辱，悍妻诟谇，真不若耳聋也"；又如"楼上看山，城头看雪，灯前看月，舟中看霞，月下看美人，另是一番情景"。只有真正用心去观察生活、体悟生活的人，才能如此细致而真切地把握，从而领略不同的风光。

不只是欣赏自然之景，在读书和处世之道上，张潮也是追求这种相互辉映的和谐之美。如"读经宜冬，其神专也；读史宜夏，其时久也；读诸子宜秋，其致别也；读诸集宜春，其机畅也"，"经传宜独坐读，史鉴宜与友共读"；又如"上元须酌豪友，端午须酌丽友，七夕须酌韵友，中秋须酌淡友，重九须酌逸友"，"律己宜带秋气，处事宜带春气"。

在张潮眼中，自然景物并不是无知无觉的蠢物，而是充满了灵性与美感，山水有文人的韵致，花月有美人的风姿。如"玉兰，花中之伯夷也；葵，花中之伊尹也；莲，花中之柳下惠也。鹤，鸟中之伯夷也；鸡，鸟中之伊尹也；莺，鸟中之柳下惠也"。玉兰高洁，白鹤仙逸，正如不为名利的伯夷；葵花向日，公鸡司晨，正如名相伊尹；而莲之守节，莺之慕友，亦如洁身自好的柳下惠。

又如"蝉为虫中之夷齐，蜂为虫中之管晏"，将伯夷和叔齐喻为餐风饮露的蝉，将管仲和晏婴比作辛苦劳作的蜜蜂。

再如"动物中有三教焉：蛟龙麟凤之属，近于儒者也；猿狐鹤鹿之属，近于仙者也；狮子牯牛之属，近于释者也。植物中有三教焉：竹梧兰蕙之属，近于儒者也；蟠桃老桂之属，近于仙者也；莲花薝卜之属，近于释者也。"

花木鸟虫都具有人的品格个性，令人仰慕。如"梅令人高，兰令人幽，菊令人野，莲令人淡，春海棠令人艳，牡丹令人豪，蕉与竹令人韵，秋海棠令人魅，松令人逸，桐令人清，柳令人感"。

花木各具品质并予人启示，不仅可供品赏，陶冶情操，甚至可视为千秋知己，如"天下有一人知己，可以不恨。不独人也，物亦有之。如菊以渊明为知己，梅以和靖为知己，竹以子猷为知己，莲以濂溪为知己，桃以避秦人为知己，杏以董奉为知己，石以米颠为知己，荔枝以太真为知己，茶以卢仝、陆羽为知己，香草以灵均为知己，莼鲈以季鹰为知己，蕉以怀素为知己，瓜以邵平为知己，鸡以宋宗为知己，鹅以右军为知己，鼓以祢衡为知己，琵琶以明妃为知己。一与之订，千秋不移"。这些花木、动物乃至各种无生命的动物皆经文人的移情，化为有情之物，可以"相看两不厌"。

借由这些各具性情的景物与事物，作者表达了对人生的态度与感悟，描绘了自己的理想生命图景。"愿在木而为樗，愿在草而为蓍，愿在鸟而为鸥，愿在兽而为鹿，愿在虫而为蝶，愿在鱼而为鲲。"这些草木虫鱼之属，在中国传统文化当中皆为自由与逍遥之象征，张潮借此传达一种对自由闲逸、无拘无束的生活理想的向往。"入世，须学东方曼倩；出世，须学佛印了元"，"当为花中之萱草，毋为鸟中之杜鹃"。作者所追求的，乃是生活中的闲逸，因而应当如东方朔和佛印一样，不论出世入世，都能自在潇洒，了无挂碍；要使人忘忧，而不引人悲愁。"值太平世，生湖山郡，官长廉静，家道优裕，娶妇贤淑，生子聪慧，人生如此，可云全福。"

"与天地对话"

在张潮看来，最美好的生活就应该如此自然闲逸，其所遗憾之处，也不过是一些无伤大雅的小问题："一恨书囊易蛀，二恨夏夜有蚊，三恨月台易漏，四恨菊叶多焦，五恨松多大蚁，六恨竹多落叶，七恨桂、荷易谢，八恨薜、萝藏虺，九恨架花生刺，十恨河豚多毒。"随时发现生活中的美，随时有所体悟，这种对人生的闲逸态度一直贯穿于《幽梦影》全书，俯拾即是。"躬耕，吾所不能，学灌园而已矣；樵薪，吾所不能，学薙草而已矣。""少年读书，如隙中窥月；中年读书，如庭中望月；老年读书，如台上玩月。皆以阅历之浅深，为所得之浅深耳。"书中所津津乐道的吉光片羽，交织成一个如梦如幻的幽境，令人读之如啜香茗，回味无穷，虽是片玉碎金，却能引人深思，窥见生命的大智慧。

《幽梦影》中既没有人物，也没有情节，更不讲究系统逻辑，但读来丝毫不使人感到枯燥乏味。其语言波澜不惊，娓娓道来，文字简明精练，格调别致清新。清丽隽永的文字中，信手拈来皆学问，但又绝不是单纯的知识，而是浸透了中国传统文化的精髓，带有强烈个人风格的生命哲学，细细品读，让人不忍释卷。此书包罗甚广，固然可以作为养生、修身、读书、交友乃至莳花弄草的指南，但其价值显然不在这里，而在于其中渗透的通脱自然、恬淡自适的审美情趣和中国文人独特的生命哲学。

明清小品，与《幽梦影》齐名的还有洪应明的《菜根谭》和吕坤的《呻吟语》等。但相比之下可见，后两者更注重道德教化，更像是人生指南，风格较为严肃拘谨，比不上《幽梦影》的天真自然、清丽可人。或者可以说，《幽梦影》并非意在给人一个处理现实生活问题的答案，而是本身构建起了一个美妙的世界。有论者为此做过简洁的总结："不妨把《幽梦影》与另外两种清言小品的代表作《菜根谭》《呻吟语》做个比较：《菜根谭》主旨在谈修身处世，可以说是求善之作；《呻吟语》时有深刻之思，可以说是求真之作；而《幽梦影》主要着眼于以优雅的心胸、眼光去发现美的事物，可以说是求美之作。"虽是粗略划分，倒也一语中的。

四

《幽梦影》还有意识地创造了一种文体的新形式，即把评语附在正文后，让它们形成有趣的互文关系。在初版付梓时，张潮在原版正文下预留了许多空白；书成后邮送给不少友人，请他们写下评语和批注。张潮将这些寄回的评语与批注刻成小字，零散地穿插在正文之中，并仍然留下许多空白，以备将来补入评语，直到在最后一版中把所有空白填满。这种体制如同今天的

"微博"或"论坛",在每则条目之后,有许多友人即兴评说,加以生发、辩驳、补充,显现出灵动的风格与辩论的智慧,可谓"以一人而兼众妙"。这种亦庄亦谐的评论,为作品增添了鲜明的生动性与幽默感。杨复吉称其"诗言隽旨,前於后喁,令读者如入真长座中,与诸客周旋,聆其馨欬,不禁色舞眉飞,洵翰墨中奇观也"。并评价道:"昔人著书,兼附评语,若以评语参错书中,则《幽梦影》创格也。"

如《幽梦影》中有一则曰:"不治生产,其后必致累人;专务交游,其后必致累己。"在这则语录之后,几位友人对此做出评论。杨胜藻曰:"晨钟夕磬,发人深省。"冒巢民曰:"若在我,虽累己累人,亦所不悔。"宗子发曰:"累己犹可,若累人,则不可矣。"江含徵曰:"今之人未必肯受你累,还是自家稳些的好。"

又如一则曰:"昔人云:'若无花月美人,不愿生此世界。'予益一语云:'若无翰墨棋酒,不必定作人身。'"后有几则评论。殷日戒曰:"枉为人身生在世界,急宜猛省。"顾天石曰:"海外诸国,决无翰墨棋酒,即有亦不与吾同,一般有人,何也?"胡会来曰:"若无豪杰文人,亦不许要此世界。"

再如一则曰:"艺花可以邀蝶,垒石可以邀云,栽松可以邀风,贮水可以邀萍,筑台可以邀月,种蕉可以邀雨,植柳可以邀蝉。"后亦有评论。曹秋岳曰:"藏书可以邀友。"翠莲峰曰:"酿酒可以邀我。"尤艮斋曰:"安得此贤主人?"尤慧珠曰:"贤主人非心斋而谁乎?"

参与者大都是饱读诗书、性情旷达的文人,均能对正文与先刻成的评语做出富有意味的解读,或对前文做出富有智慧的深化和补充,或借题发挥新意,或对自身进行调侃。《幽梦影》形成了一个超越时空的平台,使友人即使天各一方,也能够对同一事物表达自己的看法和观点,相互交流生活的感悟。这种崭新的文本构成形式,体现了《幽梦影》最大的独创性。

《幽梦影》孕育了15年方才成书,自康熙三十六年(1697)初次刊印后,又经过多次补刻和加印,到自康熙四十六年(1707)才基本结束。10年之内,张潮收到大量评语批注,每次补刻都加入新的内容,原本预留的空白之处已经被挤满。《幽梦影》中张潮的原作,不过200余条,而收入书中的评语却多达700条,平均每则语录后都附有三四条评语,评语的字数远超原文。

最初的评语与最后一批评语，中间亦间隔了 10 年的光阴，有的人已经去世了，可后来的人依旧能与之对话共鸣，碰撞出智慧的火花。

从某种意义来说，《幽梦影》并不是张潮一人的作品，而是一个时代的一群文人的集体创作，鲜明、丰富地体现了那个时代的整体风貌；同时它在形式上的开放性和动态性，也富有创新意义。《幽梦影》最大的价值，便在于此。

参考文献：

1. ［清］张潮：《幽梦影》，中华书局 2008 年版。

2. 刘和文：《张潮研究》，安徽大学出版社 2011 年版。

3. 戴廷杰：《雅俗共融，瑕瑜互见——康熙年间徽州商籍扬州文士和选家张潮其人其事》，见米盖拉、朱万曙主编：《徽州：书业与地域文化》，中华书局 2010 年版。

4. 侯敏：《论张潮〈幽梦影〉的文体特色》，《写作》2004 年第 11 期。

5. 龙冬梅：《一朝幽梦影人生——论张潮及其小品文》，《金陵科技学院学报》（社会科学版）2010 年第 3 期。

6. 叶朗：《生活中的"闲心"——读张潮〈幽梦影〉》，《民主与科学》1992 年第 6 期。

7. 赵柏田：《扬州一梦——张潮自述》，《长江文艺》2014 年第 12 期。

8. 张鹏振：《明清清言小品的审美价值》，《华中科技大学学报》（社会科学版）2006 年第 3 期。

9. 凌宝妹：《〈虞初新志〉与明末清初士人生活》，上海师范大学 2012 年硕士学位论文。

10. 谭戈单：《山人张潮研究》，湖南师范大学 2012 年硕士学位论文。

11. 张翠翠：《〈幽梦影〉中的清言小品研究》，辽宁大学 2012 年硕士学位论文。

九、儒林绝唱醒世计

——吴敬梓与《儒林外史》

　　明清小说的丛林里绽开着一朵奇葩，鲁迅给予它很高的评价："说部中乃始有足称讽刺之书"，"讽刺小说自之而后，就可以谓之绝响。"这就是《儒林外史》，它用凌厉冷峻的眼光来打量社会，思考生活，不直接褒贬，而讽刺之味尽出。

　　晚清谴责小说的出现，从撷取生活的方式到小说结构都深深地受到了《儒林外史》的影响。我们尽知的小说中，大多有主旨，有中心人物，有纠葛难分的事件，组成一部书的笑与哭；而这部书则奇在通部无主干，鲁迅说："全书无主干，仅驱使各种人物，行列而来，事与其来俱起，亦与其去俱讫，虽云长篇，颇同短制。"（《中国小说史略》）类同短制，毕竟不是短制，这部书虽说没有贯穿全书的主人公和中心事件，但小说的本身却有一条极为明确的线索，这条线索把全书繁复的社会生活内容统摄起来，构成一部结构严谨的有机整体。这条线索是什么呢？闲斋老人在本书的

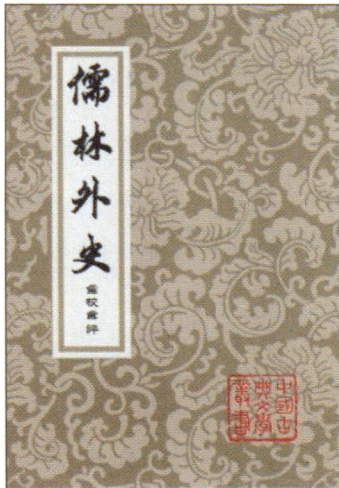

《儒林外史》书影

序里说，本书以"功名富贵"为一篇之骨，所有的悲欢辛酸可都是因此四字而来。

吴敬梓出生于清康熙四十年（1701），字敏轩，号粒民，安徽全椒人。因家中有文木山房，所以晚年自号为文木老人；中年之后举家移到南京秦淮河畔，又有称号"秦淮寓客"。吴家为全椒世代科甲之家，《全椒文化志》中记载，明清时期，吴门是一门两鼎甲、三代六进士。吴敬梓少年时过得很安逸，他喜爱读书，又很聪明，善于记诵。科甲之家对他的希望是走科举仕进之路，不过传统儒家思想的熏陶和学习并没有束缚住他的思想，他对诗词歌赋、野史杂书发生了浓厚的兴趣。天有不测，吴敬梓13岁时，家庭起了变故。他作诗回忆说："昔余十三龄，丧母失所恃。十四从父宦，海上一千里。弱冠父终天，患难从此始。"父亲也去世后，近族亲戚和外人相互勾结来谋夺他的家产，人情冷暖，世态炎凉，于他或者是醍醐灌顶。他看透了封建家族伦常道德的虚伪面目，开始挥霍父亲留给他的家产，仗义疏财，乐于助人，家产很快耗尽，由富入贫，世人非议，他全然不顾，开始仿效阮籍、嵇康，追随建安文士风雅，反礼教，终至狂放不羁。

吴敬梓33岁的时候，变卖田产，移居南京，靠卖文为生。36岁时，一度被举荐参加博学鸿词科的考试，先参加了地方一级考试，到了要去京城应试的时候，他却假称得病，拒不成行。他于此时已认识到了科举的虚伪，不屑"湿身"了吧。但此后他的生活却越来越贫困，经常忍饥挨饿，靠典当过活。他人生的最后几年常要靠朋友的接济才能活得下去，乾隆十九年（1754）农历十月二十八日，吴敬梓贫病交加，辞别人世。

吴敬梓生前遗有《诗说》7卷，《文木山房集》5卷，耗20年心血著《儒林外史》一部。他一生经历清朝康、雍、乾三朝，看透了政治的黑暗，社会风气的腐朽，对天下士子醉心制艺、热衷功名利禄憎恶至极。所以，在《儒林外史》里，他对这些丑恶的事物进行了深刻的揭露和有力的批判。各色人等，美丑毕显，活灵活现。他巧借明代之事，实骂清代之实。骂一班读死书的呆子废物们，只知八股作法，不知经史大学问，浅薄无知、头脑迂腐到不堪。例如，书中的周进读了一辈子书，60多岁了还不曾进学，在乡下教书过日子，入过学的奚落他，在他的塾馆避雨，大吃大嚼，撒了一地骨头垃圾，他次日一早呆头呆脑扫得晕头转向；家里亲人也讽刺他，看他不上，混到后来书也教不成了；遇到几个商人愿拿银子给他捐个监生去应考，他巴结得"再生父母""变驴变马来世报答"的话也出来了。读书人，斯文扫地如此！

　　吴敬梓开始创作《儒林外史》是在清朝大兴文字狱的乾隆初年，为了便于暴露现实社会问题，他巧妙地选择了明代的某些历史事件作为小说的背景，但它所反映的社会生活与清代基本一致。《儒林外史》描写了整整一个时代知识分子的生活与命运，对传统文化的危机进行了深刻的反思，对封建社会的颓败也有着鞭辟入里的解析。同时，它在题材选择和表现手段等方面均不同于既往的小说，有很多艺术创新，在中国讽刺小说史上有着空前的地位。

吴敬梓

一

　　《儒林外史》把批判的矛头直指科举制度。揭露八股科举的弊端，批判功名利禄观念，是《儒林外史》的中心内容。隋唐以后定型的科举制度，使科举成为读书人猎取功名的唯一手段。这种制度到了明清又添加了八股制艺的枷锁，立论依《四书集注》，行文按八股固定格式。八股文形式僵化，一方面适应了统治阶级对士人思想进行控制的目的，一方面也给知识分子带来了深重的灾难。这种文化导向和用人制度不仅造就了一批批飞黄腾达的官僚，而且腐蚀和摧残了一代又一代士人的人性，扭曲了他们的人格。

《儒林外史》对这种八股取士制度中的知识分子的价值观和精神面貌做了细致的刻画和全面的扫描。在明清时代，知识分子做官主要靠两条途径：一条是科举正途，另一条是因博学多才或操行卓越而做名士。由于科举的名额有限，或由于科场的不如意，有一些人放弃科举后，仍不愿放弃知识分子的架子，自命清高，附庸风雅，自命为"名士"。这种封建文人的典型特征在《儒林外史》中得到了深刻的揭露和辛辣的批判。闲斋老人《儒林外史·序》中曾经指出："其书以功名富贵为一篇之骨。有心艳功名富贵而媚人下人者；有倚仗功名富贵而骄人傲人者；有假托无意功名富贵，自以为高，被人看破耻笑者；终乃以辞却功名富贵，品地最上一层为中流砥柱。"

在小说中，与功名富贵观念相对立的，是作者所标举的"文行出处"。在小说的开篇，作者曾借书中人物王冕之口，说出了作者的观点。王冕看了秦老带来的"一本邸抄"中有一条"便是礼部议定取士之法：三年一科，用《五经》《四书》八股文"，不以为然地说："这个法却定得不好！将来读书人既有此一条荣身之路，把那文行出处都看得轻了。"热衷功名富贵还是推崇文行出处，是小说作者臧否人物的主要标准。正是按照这个标准，作者把书中人物分为真儒、假儒，真名士、假名士几大类型。无论是热衷科举功名的范进、周进，还是科举出身的贪官污吏王惠之流，虽然并非没有读过"圣贤之书"，也不是没有听说过"先王之道"，然而其所作所为，则是对儒家传统文化的最大嘲讽和背弃。如果说范进、周进等科举迷们既没有"修身齐家治国平天下"的理想抱负，又没有承担提倡礼乐仁义的责任意识，变成唯八股是窥、唯功名是求的委琐、麻木、病态的"陋儒"的话，那么，王惠、严监生和严贡生等人，出仕则为贪官污吏，居乡则为土豪劣绅，更是一批鲜廉寡耻、贪得无厌之徒，是彻头彻尾的"假儒"。至于那些科场败北、功名失意，却假托无意功名富贵、自以为高的假名士，则更是一些社会的废物，他们不学无术，而以风流名士自居，靠胡诌几句歪诗沽名钓誉。

　　知识分子这种存在状态的罪恶之源当然就是八股取士的科举制度。用八股文取士，就是让读书人死抱住四书五经不放，终日揣摩那陈腐的八股文作法，一切经史上的大学问和人情世故全然不管，于是，科举制度培养出来的就是一大堆浅薄无知、头脑迂腐的书呆子、废物。周进曾经赞美范进的文章是"天地间之至文，真乃一字一珠"，可是这位范进，却连苏轼是何人都不知道。那位当过知县的举人张静斋和现任知县汤奏，却连本朝初年的刘基都不知道，还在那里高谈阔论，冒充渊博。马二先生是小说中一个比较正直的读书人，只因中了科举的毒，成了科举至上主义者，竭力劝勉别人致力于科举，自己则变成了一个迂腐不堪的人物。可见，封建纲常观念已经深入天下读书人的骨髓，使他们成了封建礼教毒害下的行尸走肉。

　　封建科举制度最深层的毒害恐怕还是对士人人性的异化与扭曲。小说用了较多的篇幅，描写了这种情况，最著名的例子是匡超人。匡超人本是乐清县一个小户人家纯朴善良的孩子，靠劳动维持生活，极孝顺父母，敬重长辈，和哥嫂邻里相处得也很好。可是一读了点书，有了点际遇，便得意忘形起来。他先是受马二先生"举业至上主义"的毒害，又学会了景兰江等假名士的一

《儒林外史》插图

套吹牛拍马的本领，后又跟随狱吏潘三等市井恶棍学到坑蒙拐骗的手段，中了举后，竟坐地分赃，迎新弃旧，忘恩负义，完全变成了一个势利小人。刘浦也是这样一个货色，才读了点书，便冒牛布衣之名，自称文坛名士，与官府交结，要他的舅舅来给他当仆人，侍候董知县。范进也是这样，中举后不久，伪君子的面貌便显露出来了。那些读书人闲居乡里，便是土豪劣绅，做的都是害人掠货的勾当，如严贡生那样的恶棍，阳奉阴违，巧取豪夺，招摇撞骗，唯利是图。

人性的扭曲和异化还体现在知识分子人格的虚伪上。《儒林外史》第十七回写生员景兰江对与他初次见面的秀才匡超人夸耀自己的学问："我杭城多少名士都是不讲八股的。……各处诗选上都刻过我的诗，今已二十余年。这些发过的老先生，但到杭城，就要同我们唱和。"景兰江以名士自居，实则胸无寸墨。这些人聚在一起吟风弄月，自我吹嘘，互相奉承，与其实际诗才，毫不足称。第十八回中杜慎卿被称为"江南王谢风流，天下第一个才子"的雅士名士，抱怨："妇人哪有一下好的！小弟性情，是和妇人隔着三间屋就闻见他臭气！"（第三十回）然在背后却叫媒婆跑遍全城，替他寻找标致的姑娘做妾；他一面说最厌人们张口就是纱帽，一面却又准备下几千两现银以备科举考试使用。这是一个"雅"得矫揉造作而终不能免"俗"的纨绔公子，簇拥在他周围的那群所谓名士是什么货色也就不言而喻了。

人性的丧失是封建科举带来的最大罪恶。王玉辉是一个受封建礼教毒害而几乎丧失了人性的迂拙夫子，他的女儿死了丈夫后表示要绝食殉夫，女儿的公婆劝她"快不要如此"，可王玉辉不但没有劝阻，反而大加鼓励，说："这是青史留名的事！"女儿饿死后，她的母亲哭得死去活来，王玉辉竟仰天大笑："死得好！死得好！""只怕将来我不能有这一个好题目哩！"这里没有坏人引诱，没有环境的逼迫，却是一种隐藏得很深的、顽固的封建道德力量在起作用，它使王玉辉的女儿自觉从容为夫就义，使王玉辉丧失了正常人的人性与人情，以一种变态的心理、麻木的精神做了杀人礼教的帮凶。在礼教的桎梏里，正常的人性人情都被完全窒息了，这就充分暴露了封建礼教的残忍性和虚伪性。

二

《儒林外史》的艺术魅力还体现在它深深的悲悯情怀。致力于科举，为的是猎取功名富贵，跻身统治阶级的行列，而那些考不上的穷书生，境况却是非常凄凉。小说写了几个这样的人物：

一个是倪霜峰，20 岁上进学，做了 37 年秀才没有考上举人，"就坏在读了这几句死书，拿不得轻，负不得重，一日穷似一日"，只得靠修补乐器过活，养了 5 个儿子，有 4 个都卖到他州外府去了。

周进读了一辈子书，60 多岁不曾进学，教乡村私塾过活，每日只得二分银子吃饭，被入过学的梅三相公和王举人奚落过。王举人到他私塾里歇宿避雨，撒下一地的鸡骨头、鸭翅膀、鱼刺、瓜子壳，周进昏头昏脑，扫了一早晨。后来人家嫌他迂腐，书也教不成了，"在家日食艰难"，他姐夫也奚落他说："只管粮不粮莠不莠的到几时。"后来是帮人家去记账。读书人潦倒至此，怪不得到了贡院里，触发起一生的苦楚，便哭得死去活来。而当几个商人愿拿出银子给他捐个监生去应考时，他竟说道："若得如此，便是重生父母，我周进变驴、变马，也要报效！"接着，趴在地下，就磕了几个头。

范进比周进更可怜，54 岁了，冬天去考试，穿的还是破麻布，被他岳父胡屠户骂为"现世宝""穷鬼"。他到省里去考试回来，家里已是饿了两三天，还等着他回来卖老母鸡买米煮粥吃。读书人潦倒到这个地步，怪不得当得知自己中了举人，范进便喜欢得疯了。

这些人中举后就不同了，周进做了考官，"绊袍锦带，何等辉煌"；范进则是"有许多人来奉承他，有送田产的，有送店房的；还有那些破落户，两口子来投身为仆，图荫庇的，到两三个月，范进家奴仆丫鬟都有了"。在这样的社会里，读书人的命运，取决于几篇能否被考官看得中的文章，一举成名后的鸡犬升天固然值得批判，但作家对十年寒窗艰难和屈辱的展示仍然充满悲悯的情怀。

尤为可贵的是，批判与揭露并不是《儒林外史》的单一主题，它也在反向探索着知识分子精神重建的维度。它在充分揭示封建科举这个人性桎梏的同时，也表现出呼唤真实自然完美人性的回归、维护心灵健全和人格尊严的深刻主题。小说首先通过塑造王冕这个正面形象来"敷陈大意""隐栝全文"：他是一个"真儒"，天文、地理、史经上的大学问，无一不贯通；他主张仁政，要求王者要以德服人；他出身田家，鄙视功名富贵，不求官爵，不慕名利，以卖画为生，不与权贵相与，过自食其力的清贫生活。杜少卿也是一个闪耀着时代光辉的形象：他不守家业名声，拒绝应征出仕，背离了科举世家和特权阶层为他设定的人生道路；他在治学和日常生活中，敢于向封建权威和封建礼俗挑战，追求恣情任性、无拘无束的自由生活。显然，作者是将王冕、杜少卿作为自然完美人性的理想化身来刻画的，并且借这些人物形象来鲜明地表达自己的思想观点和爱憎感情，呼唤人格的独立尊严和人性的自然完美。

三

《儒林外史》在题材选择和表现手段等方面均不同于既往的小说，表现了鲜明的艺术创新。

首先是在艺术体裁上，表现出悲喜剧融合的特色。《儒林外史》中，美与丑、崇高与滑稽这些美学范畴融合无间，组成了浑然一体、别具一格的艺术世界。吴敬梓所处的时代，正是所谓"康乾盛世"，然而封建社会的整个上层建筑，包括八股取士制度，早已病入膏肓，而表面上仍披着"礼乐昌明"的金色外衣，本身就是不和谐的喜剧现象。面对那些社会人生的悲喜剧，吴敬梓以广阔的历史视野和独特的审美视角，把可悲可喜、可歌可泣的故事互相穿插，把喜剧与悲剧、正剧与闹剧的各种审美元素糅合在一起，悲剧与喜剧相反相成又彼此渗透，从而激发出比单纯的悲剧和喜剧更深刻、更丰富的审美情感。

表现最出色的首推范进，这是一个被封建科举制度折磨得扭曲了灵魂的迂腐儒生形象。他的行为带有极强的喜剧性，同时其中深藏的思想内容又具有悲剧性质。范进一生醉心于科举功名，从20岁开始应考，直到54岁，也没有考中。他穷得断粮绝炊，连母亲和妻子都不能养活，遭到包括岳丈胡屠户在内的周围人的白眼。这种穷困处境和屡试不第的遭遇，自然形成他卑怯屈辱的性格。他每次赴试都充满着希望和幻想，而每一次的结果是毫无例外地失望而归。堆积了数十年的痛苦，他差不多已陷入绝望的境地。到了那个出榜日，家里没有早饭米，只好抱了生蛋的母鸡去卖。当捷报传来，自己日思夜想、梦寐以求的东西倏然呈现在面前时，他反而不敢相信，不敢接受，始而恐惧，继而惊喜，百感交集，最后不能不发疯了。这场可笑滑稽戏的背后，我们看到了喜中有悲，多少辛酸与悲惨都通过这个角色表现出来了。

《儒林外史》里的正面人物，如虞育德、杜少卿等人，实际上也是可笑而可悲的。虞育德是《儒林外史》里的"真儒"，他原来只晓得看风水、算命、选吉日、读书卷，自称"不耐烦做时文"，却是考了秀才又考举人，一连3次进京会考，待到中了进士时却已50岁了，又因天子说他"年纪老了，着他去做一个闲官罢"，补得一名南京国子监博士。面对日益败坏的世道人心，这位"圣贤之徒"并没有严肃纲纪、整饬士行，反倒纵容不法士子、姑息养奸。杜少卿这个人物形象一向被认为寓有作者自己的影子。杜少卿出身一个大官僚地主家庭，绝顶聪明，却极不谙世事。本来取功名如拾草芥，大官来推荐他，他还躲开，却资助臧蓼斋300两银子买个廪生，还鼓励与资助张俊民的儿子去考功名。县里的"混账官"王老爷被"摘了印"，没地方住，他竟然善恶不辨，要管家去请王老爷到他家花园里住。这位"江南文坛领袖"平时接济、相与的无非是韦四太爷、娄太爷、景兰江、萧金铉等食客、帮闲之流，他热心赞助的无非修建泰伯祠，以古礼古乐致祭这种于事无补的迂阔之事。在庄严的祭祀行列中，他容忍被他骂为"下流无耻极矣"的"匪类"臧蓼斋一伙厕身其中。这无疑是向读者提示了参与其事的虞育德、杜少卿等人被崇拜为"神圣临凡"的可笑，及其终归一事无成而"风流四散"的可悲。

其次是婉而多讽的讽刺艺术。鲁迅曾对《儒林外史》的作者吴敬梓做过这样的评价："秉持公心，指擿时弊"，"其文又戚而能谐，婉而多讽"，"于是说部中乃始有足称讽刺之书"（《中国小说史略》）。所谓"秉持公心，指擿时弊"，当指作品中的现实主义精神；所谓"戚而能谐，婉而多讽"，是指《儒林外史》的讽刺艺术特色，指作品寓庄于谐、寓悲愤于嬉笑怒骂之中，行文诙谐幽默、妙趣横生，字里行间却时常流露出哀痛。鲁迅还认为，在"非奇不传""以幻为奇"的叙事文学中所表现的审美趣味，多是"私怀怨毒，乃逞恶言"与"词意浅露，已同谩骂"，其风格过于直露浅薄；而《儒林外史》所用的是"微言大义""皮里春秋"的笔法，其风格是"婉曲"的，是"戚而能谐，婉而多讽"的，这是《儒林外史》最独特的审美风格。

这一风格主要表现为两方面：一是用白描手法，勾勒最能揭示人物内心的情节或细节，凸显人物的灵魂；二是通过人物自相矛盾的言行让人物自我暴露，从而达到讽刺的目的。前一种手法如马二先生游西湖时的细节刻画：西湖的秀丽景色没有引起他的兴趣，酒店里的蹄子、鲜鱼却让他羡慕得喉咙里咽唾沫，在书店里看见自己的八股文选本就打听它的销路；他一见仁宗皇帝的御书就磕头下拜，见了游西湖的女客却低头不敢仰视。在这些漫不经心的情节和细节描写中，马二先生的迂腐性格得到鲜明的表现，他被礼教腐蚀的空虚的灵魂也就自然生动地暴露无遗。后一种手法如写汤知县请正在居丧期间的范进吃饭，范进不肯用银筷，也不肯用象牙筷，换了一双白颜色的筷子方才罢了。知县疑惑他居丧如此尽礼，倘或不用荤酒，却是不曾备办，后来看他在燕窝碗里拣了一个大虾丸送到嘴里，方才放心。在这里，不是作者介入事件的"讲述"，而是不带任何贬斥色彩的"显示"，通过范进动前后的矛盾，把居丧期间"尽礼"的虚伪性暴露无遗。

再次是这部书结构独特，看似松松散散的样子，既没有一个中心人物一贯到底，也没有主体事件从发展到结束。作者本意在写"一代文人有厄"的悲剧，从不同角度剖析形形色色的封建士子的灵魂，内容的特殊性，也决定了小说结构形式的独特性。在没有贯穿全书的主人公和中心事件的情况下，用中心思想为线索，把复杂的社会生活内容统一起来，从而形成严谨的整体。

另外，《儒林外史》共55回，由楔子、主体、尾声3部分组成。

全椒的吴敬梓故居纪念馆

长篇小说有楔子和尾声是吴敬梓的首创，是继承了传统戏曲的结构。楔子和尾声里的人物、故事和主体部分没有情节上的紧密联系，但因为全书有一个中心思想，所以在气韵上是贯通的。这种结构既是对历代小说、史传文学结构艺术的继承，又是对自己熟悉的和不熟知的素材进行构思的结果。鲁迅在它的审美效果上如此评价："集诸碎锦，合为帖子，虽非巨幅，而时见珍异，固亦娱心，使人刮目矣。"

参考文献：

1. 鲁迅：《中国小说史略·清之讽刺小说》，《鲁迅全集》第 8 卷，人民文学出版社 1963 年版。

2. 赵艳屏：《略论〈儒林外史〉的讽刺艺术》，《辽宁大学学报》（哲学社会科学版）2000 年第 1 期。

3. 张朝阳：《浅谈〈儒林外史〉的讽刺艺术》，《黑龙江教育学院学报》2000 年第 3 期。

十、桐城文章甲天下（上）

——桐城派概观

　　桐城派，又称桐城文派、桐城古文派，因为这个流派的主要代表人物方苞、刘大櫆、姚鼐都是安徽桐城人，故时人名之曰"桐城派"。它是清代一个以学习唐宋古文相号召的文学流派，兴于康、雍，盛于乾、嘉，衰于民初，是清代散文流派中势力最大的一个。桐城派与清代主流理学思想关联之深，参与作家之众，播布地域之广，绵延时间之长，皆为中国文学史上所仅见。所以，从表面看，桐城派以桐城冠名，具有强烈的区域文化特征，但实际上，它更是一个超越了区域限制，在学术领域具有全国性影响的文学、学术派别。

桐城派群像

　　桐城派的兴起有着深刻的社会历史原因。明亡清兴，清初统治者"圈地为牧"的做法激起了中原人民的强烈反抗。面对现实危机，清统治者开始不断修正统治策略，除了政治、经济体制上的"汉化"之外，文化上也提倡并发展中原传统文化。在主动接纳中原文化的同时，清统治者又采取强硬手段压制打击反清思想，大兴文字狱，加强思想控制，从而达到稳定统治的目的。据统计，清初康、雍、乾三朝就有文字狱 160 起之多。此外，清政府还进行大规模的图书整理，严禁民间私藏对统治者不利之书。文化上的迫害使天下士人惮于论说时事，他们或隐居世外，或埋首经传，或寄情山水，或转变态度与朝廷合作。清代学术盛行考据，学者纷纷埋首于历史文献，回避时事，即是最好的证据。为笼络士人，并使士人为朝廷效力，清政府大力提倡程朱理学，刊行《性理大全》，组织编写《性理精义》，统一全国思想，桐城派奉承程朱理学即由此而来。桐城派古文家对理学的选择，不仅将古文与理学紧密地联系起来，而且又使桐城派具有维护社会道德和秩序的强烈色彩，桐城派自然就树立起"必不可犯"的文坛正统地位。

桐城派文人把他们所写的散文称为"古文"，他们继承了唐宋八大家的古文创作，并在理论上深入发展，在散文创作上提出更多、更具体的文体标准。

桐城派古文理论的核心是"义法"，它也是桐城派古文艺术论的起点和基石。明确提出义法说并对义法的内涵进行反复阐述的是方苞。他在《又书货殖传后》中提出做文章既要"言有物"，又要"言有序"。前者是说文章要有内容，主要是宋儒的义理，但又力戒空疏，强调实用；后者是说文章讲究表现形式，要有章法结构。义与法的关系，有主有次，相辅相成，内容和形式要成为完整的统一体。方苞认为，形式要为内容服务，内容决定着形式。义法说还包括对谋篇布局"尚简去繁"的要求和对语言文字"雅洁"的提倡，认为只有剪裁得体、结构严谨、语言简洁，才是好文章。

其后的刘大櫆又在义法说方面，加以丰富和补充，强调了散文应具备的情感和气势。他认为，文章的思想内容固然居首要地位，但艺术本身却有相对的独立性，他为此提出了神气音节说。所谓"神"，大体上指作者的性格特征、思想修养在艺术上完满而成熟的表现；所谓"气"，大体是指流注在作品中的气势及其所呈现出的面貌；所谓"音节"，则是指长短相间、错综配合的句式结构和抑扬顿挫、琅琅可诵的语言因素。后来桐城派文人都把"因声求气"奉为不易之旨。

义理、考证和文章相统一的古文写作原则是桐城派的标志性特征。方苞兼论义法，刘大櫆以法为主，姚鼐则扩充和发展了方、刘之说，提出了这个著名的古文写作原则，使桐城派古文理论形成比较完整的体系。在《复秦小岘书》中，姚鼐指出："鼐尝谓天下学问之事，有义理、文章、考证三者之分，异趋而同为不可废。"姚鼐此言，是说为学要兼有义理、考证、文章三者之长，这是很高的要求，它需要为学、为文者既要讲求宋学家的义理，又要

姚鼐书作

讲求汉学家的考据，还要讲求文章家的辞章，兼采三家之长。若用现代概念表述，义理指哲学，考据指历史学，辞章指文学，那么文史哲兼通的学者方可称上乘。作为一种文学理论或文章理论，其所谓义理就是指文章立言之旨，当然主要是儒家经义，特别是程朱理学；所谓考证，就是要求写文章要材料确凿，实事求是，不为空言；所谓文章，就是要求讲究行文的字句章法，力求将文章写得明白晓畅，富于韵味。

桐城派的另一大特征是在古文形式方面提出了许多具体的标准，最系统的如姚鼐提出的选文和作文标准，即"八章八要"的主张。他在所编选的《古文辞类纂》的序目中说："凡文之体类十三，而所以为文者八，曰神、理、气、味、格、律、声、色。神、理、气、味者，文之精也；格、律、声、色者，文之粗也。然苟舍其粗，则精者亦胡以寓焉？学者之于古人，必始而遇其粗，中而遇其精，终者御其精者而遗其粗者。"他所说的神、理、气、味，是指文章的思想精神；格、律、声、色，是指文章的形式及语言的音韵文采。精寓于粗，即内容寓于形式。至此，姚鼐也就系统概括出了散文创作的艺术特征，建立了一套完整的古文创作论。

嘉道年间，中国进入了一个前所未有的大变局中。汉学家面对变局束手无策的窘况使知识分子纷纷调整学术路向，汉学的无用性愈发明显，而宋学

（理学）虽然不是理想的选择，但当时复兴宋学的人还是试着把学问与现实联系起来，努力寻找突破口。在这种时代背景下，理学开始走向复兴，并笼罩着强烈的经世致用色彩。姚鼐授学江南后，姚门弟子姚莹、梅曾亮、刘开、方东树等活跃于嘉道时期。与桐城派前辈一样，他们对理学的哲理层面并无太大兴趣，他们的目标集中在道德建设与经世致用两个方面，体现出强烈的理学经世特点。

桐城派作为程朱理学的崇奉者，竭力宣扬理学在复兴世道人心方面的重要作用，把它视为重振乾坤的重要手段。姚鼐的弟子孙鼎臣就认为："今夫天下之不可一日而离道，犹人之不可一日而离食。"（朱克敬《儒林琐记·雨窗消意录》）他们认为汉学的流行使知识分子专注于训诂考证，宋学长期受到冷漠，直接导致了当时道德信仰的坍塌。刘开认为，汉学"详于名物度数而或略于义理之是非"，其末流"以博为能，以多为贵"，"躬修心得，屏而不论"，使天下士子"语以忠信廉节之事，则惊愕而不欲闻"（《学论（上）》）。姚莹甚至将鸦片战争的失败与汉学联系起来，他说："自四库馆启之后，当朝大老皆以考博为事，无复有潜心理学者，至有称宋元明以来儒者，则相余诽笑。是以风俗人心日坏，不知礼义廉耻为何事，至于外夷交侵，辄皆望风而靡，无耻之徒，争以悦媚夷人为事，而不顾之辱，岂非毁讪宋儒诸公之过哉！"（《复黄又园书》）

姚门弟子逐渐将理学与经世、治世联系起来，表现出强烈的理学经世思想。姚莹认为："夫志士立身有为成名，有为天下，惟孔孟之徒道能贯一。"（《复管异之书》）一生未仕的刘开也"负大志，区画世务，体明用达"（姚莹：《祭刘明东文》）。他们不仅仅停留于口头上的宣扬，还付诸实践，其中尤以抗英英雄姚莹最为突出。但他们相对低微的政治地位，并未在经世实践上有更大的成就，并未使理学摆脱原有的窘境。理学最终还是在清末重臣曾国藩的手中走向复兴的。曾国藩加盟桐城派是在洋务运动前夕，即1860年左右。加盟桐城派后，他立即成为古文派的文章领袖，桐城派古文成为他阐述学术思想的重要载体，《圣哲画像记》《〈欧阳生文集〉序》等文都是他阐述理学经世思想的古文名篇。

曾国藩门下从事古文写作的四大弟子薛福成、黎庶昌、张裕钊、吴汝纶中，唯有吴汝纶为桐城籍。曾门四弟子中，张裕钊、吴汝纶共同执掌教鞭，讲学于南北书院。其弟子有文名者，张裕钊门下有范当世、朱铭盘、查燕绪；吴汝纶门下有贺涛、马其昶、姚永朴、姚永概。张裕钊、吴汝纶先后去世后，在文坛上承继桐城派传统的是马其昶和姚永朴、姚永概兄弟。马其昶奔走于张、吴之门，存志于古文，又有强烈的振兴乡邦文化的意愿，但时代终于没有给以"潜龙"自喻的马其昶提供机遇。随着袁世凯的倒台，马其昶短暂的政治生涯也告结束。废除科举、兴办学堂，古文不再与进身仕途结缘，也使他在青年学子中的号召力大打折扣。姚永朴少承家学，好古文辞，与其弟永概同师事张裕钊、吴汝纶。姚永朴任职国立法政学校期间，讲授古文，著有《国文法》4卷，后又在《国文法》的基础上成《文学研究法》25章。其书仿《文心雕龙》体例，参照桐城派古文理论，讲述文学和文章之学基本问题。类似的著作还有林纾的《春觉斋论文》，他们都是在桐城派韶华未尽之时，将桐城派古文理论做一总结，并以大学讲坛作为布道之所。

19世纪末20世纪初，在桐城古文面临着西学东渐的冲击时，为桐城古文开疆辟域，延一线生机的是以译才闻名的两位翻译家：严复和林纾。两人对桐城派古文理论的认同及他们极富影响的翻译成绩，使得桐城派古文显示出最后的辉煌。严复以其流畅渊雅、音调铿锵的古文翻译《天演论》，为古文的发展开辟了一块新的天地。吴汝纶在与严复的通信中，多次谈到翻译中的化俗为雅，与其伤洁、毋宁失真及剪裁化简、体义互见之法。桐城派的义法之说，在翻译文学中，被派上了新的用场。但1902年严复的《原富》问世，梁启超在《新民丛报》上予以介绍时，对严复的译文提出了批评。梁氏从传播文明思想于国民的角度，提出译文当以流畅锐达之笔行之，而不可过于渊雅艰深。梁启超的批评一针见血，严复的回答也针锋相对，其《答梁启超书》以为，若一味追求近俗之辞，此于文界，谓之凌迟，而非革命。严复与梁启超1902年关于文体古雅还是通俗的争论，反映出不同文化观念的内在冲突。在某种意义上，这次争论实际上是五四时期文言与白话之争的一个前奏。

1901年，与严复齐名的另一位晚清文学翻译家林纾来到北京。在一种悄然进行的文化整合外力推动下，林纾自觉地成为桐城派殿军中的一员。辛亥革命前后，是林纾致力于古文写作、传播古文之学兴致最高的时候。他上下奔走，著述演讲，倡言古文之道。他持韩、柳、欧、曾及桐城义法，相继出版了《畏庐文集》《畏庐续集》《韩柳文研究法》《春觉斋论文》等，传导阅读研究韩、柳之文的心得体会，详尽论述古文学习、写作技法，系统总结桐城派义法，而且发表了《送大学文科毕业诸学士序》一文，真切地恳请各位文科毕业生，力延古文之一线，使不至于颠坠。苦心孤诣，殷切希望，贯注于字里行间。

1915 年 9 月，《青年杂志》在上海创刊，它拉开了五四新文化运动的序幕。由《青年杂志》改刊之后的《新青年》把反对旧文学、提倡新文学作为自己的一项历史使命。胡适、陈独秀两位新文化运动先驱的一系列文章和通信，都把反对旧文学的矛头明确无误地指向桐城派古文。桐城派作为旧文学殉品、新文学祭物的命运，已无可逃遁。当北京大学古文字学教授钱玄同等人也参与对桐城派的讨伐时，桐城派更是趋避不及。1917 年 2 月，钱玄同致信《新青年》，对胡适的《文学改良刍议》极表佩服，又以为"其斥骈文不通之句，及主张白话体文学，最为精辟"，"具此识力而言改良文艺，其结果必佳良无疑。惟选学妖孽，桐城谬种，见此又不知若何咒骂。虽然得此辈多咒骂一声，便是价值增加一分也"（《与陈独秀》）。这是钱氏第一次使用"选学妖孽""桐城谬种"的字样。以妖孽称骈文之学，以谬种称古文之学，在五四新青年中，不胫而走。作为清代理学代言人的桐城派，不可避免地成为新知识分子同仇敌忾的批判靶子，时代的发展见证了桐城派的最后终结。

参考文献：

1. 贾文昭：《桐城派文论选》，中华书局 2008 年版。

2. 赵建章：《桐城派文学思想研究》，北京图书馆出版社 2003 年版。

3. 王镇远：《桐城三家散文赏析集》，巴蜀书社 1989 年版。

4. 王献永：《桐城文派》，中华书局 1992 年版。

5. 关爱和：《古典主义的终结——桐城派与五四新文学》，上海文艺出版社 1998 年版。

6. 杨怀志：《桐城名家评传》，安徽人民出版社 2001 年版。

7. 杨怀志：《清代文坛盟主——桐城派》，安徽人民出版社 2002 年版。

十一、桐城文章甲天下（下）

——代表作家

戴名世

戴名世（1653—1713），字田有，一字褐夫，号称"南山先生"，安徽桐城人，戴震之曾孙。殁后"世人隐其名，称曰宋潜虚"（马其昶《戴名世传》）。《清史稿·文苑列传》载，戴名世"生而才辨逸"，少时便名闻乡里，家庭虽仕宦不显，但以诗书传家。戴名世年幼时，家境式微，生活艰辛，靠在外地设馆授徒以糊口，并遍游南北各地。28岁中秀才，34岁时同乡大学士张英礼聘他为家庭教师，在京师结交了不少志同道合的文友，经常一起切磋文章。康熙四十四年（1705）中举，四十八年（1709）进士及第，授翰林院编修，参与《明史》的编纂。可是不久即因《南山集》"语多狂悖"，于康熙五十二年（1713）被判处死刑。作为桐城派始祖，戴名世的古文在当时具有巨大的影响，一生著述

戴名世

甚多，但《南山集》案后，其文多遭毁禁。

《南山集》原名《南山集偶钞》，是戴名世的古文集，由当时名士方苞和朱书作序，其学生尤云鹗刊行于康熙四十年（1701）。《南山集》中的《与余生书》是最主要的获罪文字证据。原来戴名世从小就对历史有浓厚的兴趣，他想以自己一人之力修明全史，而家贫没有更多的书可供参考，便想方设法多方搜集资料。康熙二十二年（1683），戴名世的一个门生安徽舒城人余湛意外遇见南明永历朝的宦官、遁迹空门的犁支和尚，这个和尚所谈的永历朝廷的事情非常详细。戴名世听说后，亲自造访犁支，但犁支早已离去。他便让余湛将听到的犁支之言追记下来以资参考。戴名世本着对历史高度负责的态度，又将同乡前辈方孝标所著《滇黔纪闻》与犁支之言进行对照，发现二者各有优劣，很难将它们统一起来。于是戴氏又致书余湛，希望他能找回犁支面论其事。在信中，他发表了一些对晚明及南明历史的看法，并指出修明史之难。这本是一些对当时历史客观记述的文字，充其量也只是学术思想领域的问题，但清朝刑部却无限上纲上线，认定戴名世犯了"大逆"之罪，将戴名世问斩于京师。戴名世死后，贫无以殓，其好友杨三炯和门人沈培福捐资将他埋葬于所居南山砚庄之南。直到雍正即位后，戴氏家族才得到一纸迟来的恩诏：除本身犯罪外，因族人有罪牵连入者赦免。

戴名世遭祸后，其文以隐秘的方式保存、流传。今人王树民编辑整理《戴名世集》，录文282篇。读《戴名世集》，最让人怦然心动的是作者自我塑造和勾画出的贫寒磊落之士失意落魄的形象及桀骜不驯的个性：

当今文章一事贱如粪壤，而仆无他嗜好，独好此不厌。生平尤留意先朝文献，二十年来，搜求遗编，讨论掌故，胸中觉有百卷书，怪怪奇奇，滔滔汩汩，欲触喉而出。而仆以为此古今大事，不敢聊且为之，将欲入名山中，洗涤心神，餐吸沆瀣，息虑屏气，久之乃敢发凡起例，次第命笔。而不幸死丧相继，家累日增，奔走四方，以求衣食，其为困踬颠倒，良可悼叹。同县方苞以为："文章者穷人之具，而文章之奇者，其穷亦奇，如戴子是也。"仆文章不敢当方君之所谓奇，而欲著书而不得，此其所以为穷之奇也。（《与刘大山书》）

　　此段夫子自道概言了戴名世的志趣、追求与生存困境。戴氏把《明史》的写作视为平生第一要务，"留意先朝文献"，"胸中觉有百卷书"者，则指《明史》的撰著。此即方苞所称"藏其胸中而未得一出焉"，也即戴名世以为必"人名山中，洗涤心神，餐吸沆瀣，息虑屏气，久之乃敢发凡起例，次第命笔"。戴氏撰写《明史》，为左史、太史之文，留千秋万古之名的夙愿，因衣食之累、穷困之扰而不能实现，忧患不平之气则时时流露于字里行间。他在《初集原·序》中云：

　　余生二十余年，迂疏落寞，无他艺能，而窃尝有志，欲上下古今，贯穿驰骋，以成一家之言，顾不知天之所以与我者何如，妄欲追踪古人。然家无藏书，不足以悠其观览，又其精神心力困于教授生徒，而又无相知有气力者振之于泥涂之中。……假令天而不遗斯文，使余得脱于忧患，无饥寒抑郁之乱其心，而获大肆其力于文章，则于古之人或者可以无让。而荏苒岁月，困穷转甚，此其所以念及于斯文而不能不慨然而泣下也。

戴名世之墓

　　戴名世提倡秉笔直书，把史学作为"彰善瘅恶而为法戒于万世"的工具，认为圣人之道之所以久而不绝，"惟有史以维之也"（王树民：《戴名世集》卷十四）。史学既然肩负着如此重要的职责，就必须真实。故此，他对春秋以来直书史事的史官极尽赞美之词，而对史书中的曲笔之处大加鞭挞，并给予无情的揭露。在他的文章中，为追求真实，甚至不畏忌讳，直书当朝史事。在《王养正传》中，他赞扬饮泣誓师、坚城拒守、被执不屈、宁死不降的明朝抗清县令王养正，对降清明将金声桓则给予无情的嘲笑。在《弘光乙酉城守纪略》中，开篇便写道"弘光乙酉"，把被清政府宣布为非法的南明朝廷视为正统，这是需要勇气和献身精神的。在《光给谏传》中，他推翻了加在光时亨身上的种种不实之词，给这位力主抗清的南明大臣以应有的评价。他还敢揭露清统治者在镇压人民起义中的血腥屠杀和其他反动政策，对汉族人民的反薙发斗争记载尤详，这等于是公开自己对清朝这些反动政策的不满。他还将这些文字收入《南山集》中，刊发行世以使其广为流传。

戴名世认为，作史应爱憎分明，反对以文媚世，其《赠蒋玉度还毗陵·序》言士林柔媚之风云：

今之所谓才士者，吾知之矣，习剿窃之文，工侧媚之貌，奔走形势之途，周旋仆隶之际，以低首柔声乞哀于公卿之门，而世之论才士者必归焉。今之所谓好士者，吾知之矣，雷同也而喜其合时，便佞也而喜其适己，狼戾阴贼也而以为有用。士有不出于是者，为傲、为迂、为诞妄、为倨侮，而不可复近。

此文足可见戴名世在那个改朝换代的风云岁月中的人格操守。在戴名世所作的人物传记中，几乎每篇都立一赞，其中很多笔墨都直抒胸臆，毫无掩饰地倾诉他对历史人物的看法，或赞颂，或批判，或鞭挞，直接表明自己的爱憎之情。他对贪官污吏极尽挖苦讽刺之能事，对尽忠全孝的清官廉吏则赞美有加。这些文章，读起来让人酣畅淋漓，荡气回肠。

在戴名世的文集中，为国家而死，为朝廷存义，为夫君守节的人物是其重点记述的对象。《戴名世集》卷八中收有"节烈传"19篇，为24位节烈女子立传，为古来文集之所罕见。借烈妇贞女事，直斥一些公侯将相丧失气节、卖国叛主的可耻行径。相形之下，那些忠君爱国，国破身死，不仕新朝的人物，往往是他心仪的对象。他赞扬这些志士仁人，释然于死生之间，"非不知事之不可为也，事不成而姑以尽吾心，事终不成而又不敢爱吾死"（王树民

《戴名世集》卷四），赞扬这种明知不可为而为之的舍生取义精神。与此相反，他对那些见风使舵、易服变节之人，往往给予不遗余力的批判。在《窦成传》中，他痛斥那些为贼所用的封疆大吏，认为国家之败亡，不独亡于群盗，这些认贼作父的官员也难逃干系。在《弘光朝伪东宫伪后及党祸纪略》一文中，他攻击晚明投降清朝的东林、复社党人"多以风节自持，然议论高而事功疏，好名沽直，激成大祸，卒致宗社沦覆，中原瓦解，彼鄙夫小人，又何足诛哉"，表达了他无比的愤恨和鄙视。

戴名世的这些传记之所以生动感人，是与其文中运用的多种艺术表现方法密切相关的。戴名世提倡古文要淡泊平质，推崇"率其自然而行其所无事"（《与刘言洁书》）。"率其自然"，就是为文要出于自然本性真实之情；"行其所无事"，就是以自然之情直抒胸臆，情至文生。又有"割爱"说："见其辞采工丽可爱也，议论激越可爱也，才气驰骤可爱也。皆可爱也，则皆可割也。"（《张贡五文集·序》）他强调不以雕琢为工，强调行文简洁，不芜杂枝蔓，艺术表现自然天成。以《一壶先生传》中的一段描写为例："一日，李生乘马山行，望见桃花数十株盛开。临深溪，一人独行树下。心度之曰：'其一壶先生乎？'比至，果先生也，方提壶饮酒，下马与先生同饮，醉而别去。"语言干净利落，简洁明丽，却又内涵丰腴。尤其"桃花数十株盛开。临深溪，一人独行树下"一句，不但使人物之状如在眼前，且能刻画出人物内在生动的气韵，使一壶先生神采如生，可谓能于平淡中见奇，达到他所说的"无所有，乃其无所不有者也"（《与刘言洁书》）的境界。

戴名世笔下人物形象的生动传神不仅由于语言的精练简洁，更应归功于作者驾驭材料、塑造形象的能力。后人评价他长于记事，"善于组织，最能驾驭材料而熔炼之"（梁启超《中国近三百年学术史》）。戴名世从《史记》中汲取经验，在传记写作中注重人物的性格描写，力求真实而艺术地再现人物的精神风采。他注意对材料的选择，往往只抓住能反映人物精神品格的典型事件加以刻画，并以细节描写的形式来表现。如《杨维狱传》中写杨维狱殉节而死："崇祯十七年，上崩于煤山，维狱闻之，北面而哭，累昼夜不能寝食。"其忠君之情强烈如此，并不使读者觉得突兀，因为前文中多处细节写其拳拳之心：叙述其生平时有"尝读书至忠孝大节，往往三复流涕"；后国变纷起，史可法传檄天下捐资救国，维狱捧檄泣曰"国事如此，吾何以家为"；至城破史可法死，"维狱泣曰：国家养士三百年，以身殉国，奈何独一史公"……从读书感义而流涕到忧国伤世之落泪，再到忠义感发之泣，一路用"泣"这一细节，穿插其间，于细微处见精神。这样写来，杨维狱之性格逐步点染丰满，方有最后闻皇帝死而痛哭、绝食，乃至死身殉之，可信而感人。

　戴名世还强调传记写作要突出人物个性。戴名世认为"史家之法，其为一人列传，则其人须眉如生，及其又为一人列传，其须眉謦咳又别矣"（《丁丑房书·序》）。不同的人物各有自己的特点，即使同一类人物也有个体不同于其他人的独特之处，为人立传不能平庸肤浅，要写出人物的个性，这样写成的传记才是成功的。这一理论在创作之中的体现，可以从他对明朝抗清志士的大量传述中看出。这类传记共有 15 篇，都是为那些守节不辱、义不仕清的志士立传。传主具有勇智绝人、崇节尚义、忠烈自守的共同特征，作者在为他们立传时也多选择抗清事迹和贞节自守或殉国的情状来加以刻画，但是15 位传主的形象却是个性鲜明，决不模糊相混，更无雷同。如写"画网巾先生"、杨维狱和薛大观 3 人之死，都重在刻画他们宁死不变节的品质，但是 3 人各有声口，各具眉眼。"画网巾先生"是草莽豪侠，他的死是豪气凛然的赴刑，故作者浓墨刻画其临刑时的情状。写他佯装与降清将领为旧识，骗敌人把他带到降将面前，却又说"吾固不识若也"，临刑前斥责降将、掷诗卷于地，"赠白金与行刑者，乃就戮"（《画网巾先生传》）。这一系列嬉笑怒骂的言行，呈现出他身上的豪侠之气。杨维狱之殉节则是气度安然的绝食而死："昼夜不能寝食，气息仅相属……忽张目视其子曰：前日见志之语，慎勿以示世也。顷之而卒。"（《杨维狱传》）薛大观父子皆为书生，避乱读书，隐于潭边孤楼上，闻清兵至，全家老幼投水而亡，作者主要抓住投水前父子、夫妇、主仆涕泣相誓之语来表现彼时举家殉难的悲壮场面，活现了濡染诗书大义的书生家相。这就是高明的史传记作者，哪怕是同一类人，也要把同中之异凸现出来，把每个人不同于他人的特质提炼出来，使人物形象各具特色，生动传神。

　《南山集》中，有论说、书信、日记、传、序、墓志铭及其他杂文，而反抗民族压迫、表现民族气节是作者一以贯之的主题，无论何种文体，都沾染上了那种遗民情绪，只要这种情绪一经触发，就会脱口而出，有感而发。这就难免授人以柄，最终在劫难逃了。

方苞

方苞（1668—1749），字凤九，一字灵皋，晚年自号望溪。少有文名，24岁入京师，以文获知于理学大师李光地、史学家万斯同。康熙四十五年（1706）进士，后5年，因《南山集》案遭牵连下狱，出狱后入值南书房，在康熙身边做了10年的文学侍臣。然后多次出任大清经史馆和修书总裁。乾隆即位后，复入南书房。75岁时，辞去官职，回归故里。

方苞重要的论文之作，多写于入值南书房之后。雍正十一年（1733），方苞编选两汉书、疏及唐宋八家之文，名

方　苞

曰《古文约选》，供入选于"成均"（相当于"太学"）的八旗子弟作为学文范本。此书于乾隆初诏颁各学官。乾隆元年（1736），方苞又奉命选编明清诸大家四书制义数百篇，名《四书文选》，以为天下举业准的。方苞在《古文约选序例》《进四书文选表》两文中辨析古文源流，指示为学途径，倡导清正古雅的风范，标榜删繁就简的宗旨，淋漓尽致地阐发自己有关古文写作的理论。此两文与写于前后的《又书货殖传后》《书韩退之平淮西碑后》《与孙以宁书》《答申谦居书》等文，共同构成了方苞古文理论的主体。

方苞的古文艺术论以"义法说"为核心，其《又书货殖传后》论"义法"云：

《春秋》之制义法，自太史公发之，而后深于文者亦具焉。义即《易》之所谓"言有物"也，法即《易》之所谓"言有序"也。义以为经而法纬之，然后为成体之文。

此段话集中概述了义法说的源流、内涵及意义，是方苞义法说的纲领性阐释。关于义法之源流，方苞以为"义法"源于孔子之《春秋》，发明于司马迁之《史记》，又为后世深于文者所熟谙，是一种源于经、见于史、经纬于文，源远流长的述作传统。方苞将之移植应用于古文写作，并融会唐宋以来古文运动的有关理论成果，赋予义法说以丰富的内涵，使之成为桐城派古文理论的起点和基石。

当方苞别出心裁地使用分别来自于《易经》《易传》中的言有物、言有序来界定义法的基本内涵时，义法说不仅又增加了若干神圣的光彩，更重要的是原来主要用于记叙之作的事信言文、褒贬裁别的述作原则和笔法，因此而被赋予更普遍、更广泛的意义。言有物、言有序的阐释界定，使义法说旁通于一般文章的写作，因为有物、有序是一切成体之文构成的基础和要素。以义法论文，丰富、发展了来自于纪事之文的创作启示，使之成为成体之文的艺术性原则，显示了方苞作为古文家的思维创造和良苦用心。考察中国古典散文的历史发展，方苞认为，就文体成熟的先后而言，经历了纪事之文、道古之文、论事之文、文人之文的发展阶段。经、史、学术、治政、文人之文，更替有序，功能有自，但以文事而论，其精神气脉又多有相通，皆可视为古文之源与流。

就"言有物"而言，方苞继承了韩愈以来"行之乎仁义之途，游之乎诗书之源"（《答李翊书》）的古文传统，强调作家的思想操行和道德修养，把立身、笃学、节操看作从事古文写作、言之有物的前提和基础。方苞认为，比之于诗赋家，立身之于古文家更为重要，原因是：

盖古文之传，与诗赋异道。魏晋以后，奸佥污邪之人而诗赋为众所称者有矣，以彼暝瞒于声色之中，而曲得其情状，亦所谓诚而形者也，故言之工而为流俗所不弃。若古文则本经术而依事物之理，非中有所得不可以为伪。

由是观之，苟志乎古文，必先定其祈向，然后所学有以为基，匪是，则勤而无所。若夫左、史以来相承之义法，各出之径途，则期月之间可讲而明也。（《答申谦居书》）

他认为，欲为古文，必先定其祈向，成其学养。祈向、学养既成，则

《左传》《史记》以来相承古文之义法、途径，指日可通。祈向、学养是道，义法、途径是艺；祈向、学养为本，义法、途径为末；注重祈向、学养，方可言之有物；不鄙薄义法、途径，方能言之有序。"本经术而依事物之理"，是言之有物的基础，也是方苞"义法说"中"义"的根本含义。"本经术"即是以经为本，以儒家典籍为基本思想准则。"依事物之理"则是以万事万物中所蕴含的事理物理为依据依托。以经术为本，寻求的是圣人所发现的放之四海而皆准的思想规范与行为准则；依事物之理，则是把这类思想规范与行为准则具体实施应用到万事万物、事理物理的阐释与判断之中。以经术为本，体现出古文家的精神祈向和信仰选择；依事物之理，则体现出古文家的学识睿智和见解才能。为圣人之徒而又能穷理尽事，明达善断，方可言之有物，方可言及于"义"。

就"言有序"而言，方苞首先坚持本义言法、因义立法的原则，依据义之需要、义之变化而言法，从不离开义的规定性而孤立抽象地侈谈古文之法，从而使古文之法变得有章可循，有迹可循。所谓本义言法，因义立法，主要是根据古文内容与文意表述的需要，相应调整运用虚实详略、互见照应等指意辞事的手段，因义定法，以义驭法，最终使一篇之中，脉相灌输，事与人称，详略有致，虚实互见，叙事议论，恰当熨帖。方苞在《与孙以宁书》《又书货殖传后》《书五代史安重诲传后》等文中，结合实际例证，具体阐发、印证了本义言法、因义立法的有关见解。《与孙以宁书》主要讨论有关人物传志的写作方法。方苞在文中以为："古之晰于文律者，所载之事，必与其人之规模相称。"事与人称，是传志文写作的基本准则，并认为此中义法，《史记》中早有明示：

太史公传陆贾，其分奴婢装资，琐琐者载焉：若萧、曹世家而条举其治绩，则文字虽增十倍，不可得而备矣。故尝见义于《留侯世家》曰："留侯所从容与上言天下事甚众，非天下所以存亡，故不著。"此明示后世缀文之士以虚实详略之权度也。宋元诸史若市肆簿籍，使览者不能终篇，坐此义不讲耳。（《与孙以宁书》）

陆贾与萧、曹，身份高低悬殊，传记的规模大小也悬殊。太史公作陆贾传，可以道其身边日常琐细小事，而于萧、曹及留侯，则非关涉天下存亡之事而不著，对传主材料的去留取舍，遵循着事与人称的体制规则。此也正是太史公《史记》写作的义法所在。宋元诸史作者，不明虚实详略之法，致使所作史书，如市肆簿籍，令读者茫然不着边际而难以终篇。义法之讲与不讲，其文高下雅俗自有不同。方苞认为，《左传》《史记》《五代史》，同为史传文，当以记事为主。记事文之义法，当于一篇之中，脉相灌输，前后相应，或隐或显，或偏或全，随意变化，但不应杂以议论评判，如《五代史》中的《安重诲传》。议论叙事相间的写法，属书疏论策体，与《左传》《史记》之义法不相符合。欧阳修作《安重诲传》，其病即在"未详其义而漫效焉"，实际上违背了《左传》《史记》史传文的义法。号称"最为得《史记》法"的古文大家尚且如此，其他学古文者于义法之变更当细察。

严格地说，"雅洁论"也是方苞"义法说"的一个重要组成部分，它与"本经术而依事物之理"、义经法纬三足鼎立，构成了"义法说"的整体。"本经术而依事物之理"，是讲言有物；义经法纬是讲言有序；而"雅洁论"则是讨论古文语言、文体的表述风格。"雅"主要讨论雅驯规范、辞气远鄙的问题，侧重于语言；"洁"主要讨论澄清疏朗、辞约义丰的问题，侧重于文体。雅与洁结合，构成清真古雅的语言文体风格。"雅洁论"使"义法说"更具体化，更具可操作性。

这样，桐城派在其初创时期的方苞这里，已大致确定了其古文理论研究的规制与方向。它偏重于推本溯源，运用体悟、鉴赏、融会贯通的方法，去总结、发现并揭示单行散体之古文（旁及诗赋）的创作经验与写作规律，作为后学者升堂入室的阶梯。在思想上，多为"阐释翼教"而作；在文风上，是选取素材，运用语言，只求简明达意，条理清晰，不重罗列材料，堆砌辞藻，不用诗词与骈句，力求"清真雅正"，颇有特色。方苞本人的散文作品《狱中杂记》《左忠毅公逸事》等，就充分体现了桐城派古文的这些独特风格。

刘大櫆

刘大櫆（1698—1780），字才甫，一字耕南，号海峰。出生于耕读世家，祖、父均为秀才、塾师兼事农作。幼年从父读书，雍正时两举副贡生。雍四年（1726），刘大櫆初至京师，年富才盛，文动京师。方苞得其文，常与人说："如方某何足算哉？邑生刘生乃国士耳。"要知道，这时的方苞名声显赫，后生以文求见都很难，而他如此赏识、器重刘大櫆，也足见刘大櫆的才华了。歙县程晋芳、历城周庶昌也说："昔有方侍郎（苞），今有刘先生，天下文章其出桐城乎？"（姚鼐《刘海峰先生八十寿·序》）

刘大櫆

刘大櫆虽有文名，但乾隆时应博学鸿词科还是落第，遂终身以授徒为业，晚年任黟县教谕，不久辞官回到桐城，著书立说，不复出仕。刘大櫆一生困顿，"衣食终无计，妻孥几欲抛"（《蓬户》），然而修干美髯，性格豪放，善言谈，喜饮酒，好吟诗。著有《海峰先生文集》10 卷、《海峰先生诗集》6 卷、《论文偶记》1 卷、编《古文约选》48 卷、《历朝诗约选》93 卷，纂修《歙县志》20 卷。

刘大櫆是继方苞之后推动桐城古文运动的中心人物，他总结和发展了桐城派散文理论，最突出的贡献是提出了"神气音节说"，重视散文的艺术表现，强调字句、音节之妙，风格、意境之美，较之空谈"文以载道"是一大进步。他提出：

昔人云："文以气为主，气不可以不贯；鼓气以势壮为美，而气不可以不息。"此语甚好。神者，文家之宝，文章最要气盛；然无神以主之，则气无所附，荡乎不知其所归。神者，气之主；气者，神之用。神只是气之精处。……行文之道，神为主，气辅之。曹子桓、苏子由论文，以气为主，是矣。然气随神转，神浑则气灏，神远则气逸，神伟则气高，神变则气奇，神深则气静，故神为气之主。（《论文偶记》）

刘大櫆认为"文章最要气盛"，神气是刘大櫆论文之极致。刘大櫆认为，行文之道取决于神气两方面的因素，神决气，气辅神，如果说神是内在的精华和核心，气则是神赖以存在的外在组织，两者相辅相成，不可或缺。自孟子提出养气说，曹丕引申发挥，文以气为主成为古代文学创作论的基石，刘大櫆的"神气"说是对古"文气"说的承继，其发展主要表现在两个方面：一贯气，行文中气要一脉相贯，不可以断断续续，不相衔接；二鼓气，以壮势为美，开姚鼐阳刚气论之先河。

刘大櫆强调文气，核心在突出神的作用。神指的是作家创作临文前的精神状态。它的含义一方面犹如刘勰的"文之思也，其神远矣"（《文心雕龙》）的所谓神思的神，另一方面也包含作者在作品中所表现的、充满了作者主观内在生气的意蕴和思想。刘大櫆认为，神是文家之宝，是作家本身气质的体现，是作家行文气势的主宰，"气随神转"指的就是作家个性和风格在创作中的运用。神是作家内在生气的体现，来自作家平时各方面的修养：

盖人不穷理读书，则出词鄙倍空疏。人无经济，则言虽累牍，不适于用。故义理、书卷、经济者，行文之实，若行文自另是一事。譬如大匠操斤，无土木材料，纵有成风尽垩手段，何处设施？然即土木材料，而不善设施者甚多，终不可为大匠。故文人者，大匠也；义理、书卷、经济者，匠人之材料也。（《论文偶记》）

以义理、书卷、经济为行文之实，刘大櫆的神气说成了有源之水、有本之木，具体体现在音节。刘大櫆认为，音节是作家落实神气的关键，是欣赏或写作的核心：

神气者，文之最精处也；音节者，文之稍粗处也；字句者，文之最粗处也；然论文而至于字句，则文之能事尽也。盖音节者，神气之迹也，字句者，音节之矩也。神气不可见，于音节见之，音节无可准，以字句准之。（《论文偶记》）

孟子、曹丕的气都是玄而又玄的东西，看不见摸不着，刘大櫆认为可以在音节上领略到神气之迹，"神气不可见，于音节见之"，"一句之中，或多一字，或少一字；一字之中，或用平声，或用仄声；同一平字仄字，或用阴平、阳平、上声、去声、入声，则音节迥异"。总之，注重音节是把握文章神气的第一关键，通过音节领略文章的神气所在，从作品音节的抑扬顿挫中把握作品的审美效果，决定创作时对于用字用韵的选择。刘大櫆把诗歌创作中的声韵要求移植到散文创作理论中，并把它发展为欣赏学习时的审美体验和建立在审美体验经验基础上创作中字句的选择，反映了他对散文创作美学规律的全新认识。

刘大櫆认为，把握神气的第二个关键在于字句："字句者，音节之矩也。"字句是音节的标记，"音节无可准，以字句准之"。刘大櫆认为，字句不但是音节的直接体现者，而且是重要落实者，以音节求神气。字句体现音节，音节决定神气，字句是领略音节的基点，字句决定音节和神气："积字成句，积句成章，积章成篇，合而读之，音节见矣，歌而咏之，神气出矣。"(《论文偶记》) 由字到句，由句到章，由章到篇，这样的篇法观点似乎没什么高明，但在中国文学批评史上却是极大的进步。"篇法之妙，有不见字句者，句法之妙，有不见字法者，此是法极无极"，在传统文论中，王世贞《艺苑卮言》中的这种观点很有代表性，它们强调全篇文章浑然一体，但不讲字法、句法，给人无所适从的感觉。刘大櫆强调音节，由字到句，由章及篇，给人们提供了进入"神"这一最高美学境界的向导。这是一种系统论的观点，它把音节看作散文作品的声音层面，而由音节到字句，由字句及篇而求文章的神气，则是由表层结构进入深层结构的有效途径，正是在这个深层结构里，才蕴含着产生艺术魅力和具备审美价值的神气。如果说方苞等提倡的理论从审美意识形态的宏观角度找到文学与政治的契合点，使桐城派得以立足，那么，刘大櫆提出的神气音节说则从艺术创作的具体方法论原则，指出了散文为文的门径，使桐城文派得以发展壮大，屹立于清代文坛。

刘大櫆的散文创作是他的散文理论的最好印证，阮元《国史文苑传稿》概括其文风格为："其气肆，其才雄，其波澜壮阔。"他一生很不得志，又心高气傲，行文恣肆放荡，这与方苞的雅洁醇厚、姚鼐的温深委婉等偏于阴柔的文风迥异。这一点，最鲜明地反映在同为游记的几篇作品中。方苞《游雁荡山记》化实为虚，认为"兹山不可记也"，却由雁荡山"独完其太古之容色"，悟出"修士守身涉世之学，圣贤成己成物之道"的理趣，淡泊内敛，符合"雅洁"之评。姚鼐《游灵岩记》除了以细致入微的笔触营造冬日山中清幽冷寂的环境之外，还详述了泰山北谷的山形地势和历史沿革，体现了他一贯融考据入辞章的作风。刘大櫆的《游黄山记》不仅逼真传神地描绘了黄山的峰泉云石等各种景观，更注入了充沛旺盛的情感，全文5000多字，洋洋洒洒，气脉洪大，一气呵成，犹如千军万马，八音齐奏，充分体现了刘文的雄健本色。

在结构上，刘大櫆的散文跌宕起伏，纵横捭阖。他极重视文章开头，"起头处，来得勇猛"（《论文偶记》），推重峻拔突兀、居高临下的文章起笔。如《何景恒遗文序》开头"余尝谓害教化败人材者，无过于科举，而制艺则又盛焉"，开门见山，一针见血；《焚书辩》开头"六经之亡，非秦亡也，汉亡之也"，胆识过人，斩截有力。他还十分重视篇法上的大开大阖，转折自如。如《海舶三集·序》本是为徐亮直诗集作序，作者却撇开诗歌不论，宕开一笔，写江淮海上的惊涛骇浪之险，接着写徐君从容吟咏于风浪之中，堪称"神勇"。文章至此，似乎言已尽意，可以顺势进入中心议题，而刘文却以"余谓不儋"，转入另一层意思：徐君亮直因为"心悬君命"，故能"视海水之荡，如重茵莞席之安；视崇岛之郅倪当前，如翠屏之列、几砚之陈；视百灵怪物之出没沉浮，如佳花美竹奇石之星罗于苑囿，歌声出金石"。文章着力通过人品反衬诗品，布局上层层转折，大开大阖，篇幅虽短，却有"尺幅千里"之势。

刘大櫆的散文在语言上极富辞章之美。他在《论文偶记》中说："文贵去陈言，昌黎论文，以去陈言为第一义"，对韩愈镕铸经史、词必己出的作风推崇备至。刘文辞藻繁富，琳琅满目，穷妍极态，美轮美奂，在桐城派文章中当属翘楚。在散文内容上，刘大櫆结合自己命运多舛的身世之悲，自然接受了韩愈"不平则鸣"的深刻影响。甚高的自我期许与才高命穷的巨大心理落差，使刘氏时时激愤难平，也使他对社会黑暗、世态炎凉有更多深刻体会。加上他处于社会底层，地位低下，故既无方苞作为文学侍从的顾忌内敛，也无姚鼐以"文宗"自居的平和心境，而是时时表现出澎湃的激情和忧愤的语调。《恐吩一首别张渭南》借送别指责不识高材之辈为蚍蜉，悲愤之情，溢于言表；《马湘灵诗集·序》不言其诗却言其人其遇，雄肆中寓悲怆，而作者的身世感慨亦可隐见；《游大慧寺记》《游万柳堂记》两篇主旨并不在记游，而在讽世，前者讽刺官场患得患失、阿附权势的风气，后者借万柳堂的兴衰，叹富贵之不可恃，寓意深远；《与吴殿麟书》更是抒愤骂世、一吐胸中块垒的长篇奇文；《骡说》是一篇寓言式的杂文，以世人贵马贱骡指责世俗势力不识贤愚，亦寓作者身世之慨。

姚鼐

姚鼐（1731—1851），字姬传，一字梦谷，因其书斋名为"惜抱轩"，后世学者称之为惜抱先生。乾隆二十八年（1763）进士，曾任礼部主事，迁刑部郎中，入四库馆，后为挂名御史。乾隆三十九年（1774）冬，辞官归里，开始长达40年的教书生涯。他一生著作颇丰，除《惜抱轩诗文集》外，还有《九经说》《春秋四传补注》等传世。姚鼐一生积极着力于古文创作，在创作中继承桐城前贤的古文理论和文风，并有进一步发展和创新，被后世公认为桐城文派的集大成者。

姚 鼐

姚鼐对桐城派形成和发展所做的贡献主要有以下3个方面：

首先，完善桐城派古文理论和话语系统。桐城派以方苞、刘大櫆、姚鼐为"三祖"。方苞的义法说主要探讨在"本经术而依事物之理"思想规范的谋篇之法，刘大櫆则试图从品藻音节入手，探测古人之文起承转接中的精神气脉，寻求谋篇之外精神气势与字句音节和谐的为文途径。姚鼐则在方苞义法说、刘大櫆神气说的基础上，融会旧知新说，运用通乎神明、法乎自然的

"文学本原论"，以阳刚阴柔为对举范畴的"文学风格论"，以义理、考据、文章相统一为首要标准和以神理气味格律声色为基本要素的"文学创作论"，并综合运用众多的艺术范畴，构筑起他的审美理想和古文艺术论体系，完善了桐城派古文理论和话语系统。

文学本原论是姚鼐古文艺术论的第一块基石。它强调诗文创作是一种通乎神明、法乎自然、独立自在的精神创造活动，而文学艺术所能达到的至境是天与人一、道与艺合。它不必依附于义理之学、考据之学而存在，也不应被轻视为玩物丧志、末技附庸。姚鼐的文学本原论，以艺术家的感知和立场，为辞章之学正名，同时也完成了对方苞义法说的超越和对传统文以载道说的修正，从而使桐城派古文理论从偏重于史传文体的义法说和偏重于写作技艺传授的神气说所形成的狭窄地带中走出，更加系统化、理论化、规范化，具有更广泛的指导意义和涵盖范围。

姚鼐古文艺术论的第二块基石是运用阳刚阴柔说所建立的文学风格论。姚鼐根据"文章之原，本乎天地。天地之道，阴阳刚柔而已。苟有得乎阴阳刚柔之精，皆可以为文章之美"（《海愚诗钞·序》）的基本认识，把神理气味、格律声色交错而成的文学艺术世界，简洁明快地区别为阳刚与阴柔两种风格类型。他认为阴阳刚柔，合于天地之道，也合于文章之美。文章以天地为本原，是天地之精英，也是天地阴阳刚柔之气的凝聚形态与表现形式。

姚鼐古文艺术论的第三块基石是义理、考证、文章的统一和以"神、理、气、味""格、律、声、色"为基本要素的文学创作论。可以认为，前者是为学、为文的总纲领，后者是其在为文中的具体化。所谓神，即指文章合于天地自然之节，通于造化自然之境，道与艺合，天与人一的为文境界；所谓理，凡天地之间所蕴含的事理物理皆是为文材料；所谓气，是指贯通于文章字里行间的气势文势；所谓味，是隽永深刻，耐人咀嚼者。至于格律声色：格，指格式、体制；律，是规则、法度；声，即音节音调；色，是辞藻色彩。"神、理、气、味"是"文之精"，是指文章的思想精神，以抽象的形态存在；"格、律、声、色"为"文之粗"，是指文章的形式及语言的音韵文采，以具体形态存在。他要求精寓于粗，即内容寓于形式。由此可见，这些文论范畴的关系是抽象与具体的统一，一里一表，相互依存。

其次，开启恬淡闲适、净洁精微的为文风范。桐城"三祖"中，因生活经历、学术选择、审美趣味的不同，为文风格也各有不同。方苞24岁入京后以"学问在程朱之后，文章在韩欧之间"作为学术宗旨，又以为古文之作应"本经术而依事物之理"，徘徊于义理与文章之间，其文难免矜持谨慎有余，宏放飞动不足。刘大櫆一生困厄，坦荡磊落，"气肆""才雄"（阮元《国史文苑传稿》），以"才"称于世。姚鼐告归江南后，以古文为业，其体悟精深，立论通脱，行文恬淡闲适、净洁精微，与方、刘之文气象自是不同，既无方氏左右为难、顾此失彼的窘迫，又无刘氏驰骋为才、纵横为气的狂放。姚莹论桐城"三祖"曰："故世谓望溪文质，恒以理胜；海峰以才胜，学或不及；先生乃理文兼至。"（《东溟文集·惜抱先生行状》）可见，方苞、刘大櫆、姚鼐之间，有所师承，有所不同，但姚鼐是集大成者，故而其文风影响更为深远。

姚鼐的文风突出体现在他富有个性的散文创作上。他的散文一方面继承了方苞以来所提倡的清真雅正、谨严朴素的特点；另一方面又从词采精美、形象鲜明的境界里独标他个人的风格，尤其在山水散文创作上留下了不少精品佳作。厌倦仕海沉浮的姚鼐似乎要把失落和无奈的精神寄托于自然山水。他为官仅仅10年就毅然在壮岁辞归，个中因由是极其复杂的，既有对仕宦生涯的厌倦和汉学四面楚歌的无助，也有对自然山水的向往。姚鼐的山水游记，如《登泰山记》《游灵岩记》《游媚笔泉记》《游双溪记》《观披雪瀑记》等，是他的散文中，也是整个桐城散文中，艺术性、文学性较好且被广为传诵的作品。他的游记散文数目虽少，但据此使他在崇尚朴学的清代学坛找到了一个冷静又不乏情感穿透力的表达方式。由于乾嘉学坛汉学考据之风盛行，作者重学问考据，在这些文章中也处处显示出来，表现了桐城派的独特风格，但姚鼐也并没有破坏文章的意境诗情，且能见出作者博雅君子的情怀见识，对景物山川的细致精微、形象生动的描述，对比、比喻、寓情于景的精妙技法和广博的学识，别有耐人寻味之处。而且，姚鼐用言语山水的方式来表现学问和才情，巧妙地回避了汉宋的门户之争，从而使桐城游记散文不至于沦为汉学或者理学的武器，从而具有独立的审美价值。

《登泰山记》先概括介绍泰山的位置、形势、登泰山的时间等，接着按登山的顺序来描写泰山的山势、景色，远近之风、雪、雾、云、树、石、亭、祠、石刻等，描写有致，使人如临其境，历历在目。作者层层写来，有主有次，有详有略，既有宏阔的全景，又有精微的细部。文辞雅淡清丽，结构简洁明晰，作者毫不费力，读者却于字里行间领略到了泰山独有的神采情韵。文章有过渡，有高潮，集中渲染了日出之壮丽景象及山顶风光，布局合理。这篇文章，语言明净简洁，无废词冗句，而又描摹生动，色彩鲜明，可以看出桐城派古文家锤炼语言的功夫。如最后一段，写"山多石，少土。石苍黑色，多平方，少圆。少杂树，多松；生石罅，皆平顶。冰雪，无瀑水，无鸟兽音迹"。这些句子都非常简短，三两个音节做一顿停，既明快轻巧，又描述到位。

另一篇游记《观披雪瀑记》，是姚鼐在游双溪后写的，与其他几篇游记一样，也是介绍瀑布，其中也有对于地理位置距离的精确考证，但这类文字并没有影响其文章的整体精美，如"中间一岭，而山林之幽邃，水石之峭厉，若故为诡愕以相变焉者，是吾邑之奇也。"这些文字读来，简练而生动，如我们目睹了此情此景。还如《游媚笔泉记》，游览时一路的优美景色和对媚笔泉的描写也都极具魅力："积雨始霁，溪上大声潀然十余里。旁多奇石、蕙草、松、枞、槐、枫、栗、橡，时有鸣嶲。溪有深潭，大石出潭中，若马浴起，振鬣，宛首而顾其侣。援石而登，俯视溶云，鸟飞若坠。""连石若重楼，翼乎临于溪。"比喻巧妙，生动形象，富有波澜，文章末尾的景物描写更有韵味："山风卒起，肃振崖壁，榛莽、群泉、矶石交鸣，游者悚焉，遂还。"与之前景物明显不同，令人感到很突然，"遂还"两字使全文戛然而止，但余音绕梁，是否内蕴着姚鼐的个人学问及仕途的转变，既是游泉归去，又是辞官归去，也不得而知。

再次，开宗立派，编织桐城派文道传承谱系。姚鼐之前，方、刘并无创立文派的意向。姚鼐辞官南归的次年（1776），作《刘海峰先生八十寿·序》云：

曩者鼐在京师，歙程吏部、历城周编修语曰："为文章者，有所法而后能，有所变而后大。维盛清治迈逾前古千百，独士能为古文者未广。昔有方侍郎，今有刘先生，天下文章，其出于桐城乎？"鼐曰："夫黄、舒之间，天下奇山之也，郁千余年，一方无数十人名于史传者。独浮屠之俊雄，自梁、陈以来，不出二三百里，肩背交而声相应和也。其徒遍天下，奉之为宗。岂山川奇杰之气有蕴而属之邪？夫释氏衰歇，则儒士兴，今殆其时矣！"既应二君，其后尝为乡人道焉。

姚氏此文不啻可看作"桐城派宣言"。文中记述了刘之于方、姚之于刘的师承交往，以印证桐城古文之学有所法而后能、有所变而后大的事实。又借程晋芳、周永年"天下文章，其出于桐城乎"的赞语，引出"夫释氏衰歇，则儒士兴，今殆其时矣"的话题。文中虽未及"桐城派"的字样，而"桐城派"已呼之欲出了。姚鼐写此文后三年（1779），即着手编选《古文辞类纂》。其里所选古文，八家之后，明代仅录归有光，清代仅录方苞、刘大櫆，以明示古文传统所在及古文传统所系。《古文辞类纂》嘉庆初年刻成后，流播甚广，加之姚鼐授学江南，从学者众，所以，桐城之学，自姚鼐规模渐成，名声噪起，最终博得"天下翕然，号为正宗"（王先谦《续古文辞类纂序》）的名声。

参考文献：

1. 徐道彬：《假设与求证：戴震考证方法论刍议》，《皖西学院学报》2008 年第 1 期。

2. 史小军、李棉：《戴名世传记散文探幽》，《阜阳师范学院学报》（社会科学版）2006 年第 2 期。

3. 关爱和：《义法说：桐城派古文艺术论的起点和基石》，《文艺研究》2006 年第 4 期。

4. 周金标：《论刘大櫆的宗韩倾向及其文学评价》，《西南民族大学学报》（人文社科版）2003 年第 11 期。

5. 马小玲：《论姚鼐的山水游记》，《岱宗学刊》2006 年第 4 期。

十二、转徙余生一卷书

——许奉恩与《里乘》

清代前期蒲松龄的《聊斋志异》以传奇笔法敷衍志怪故事，寄托孤愤，内容诡异奇幻，情节婉转曲折，文笔变化无穷，简净而姿态万千，对有清一代的小说创作影响颇巨。其后出现了一大批追慕《聊斋志异》的文言小说，如《夜谭随录》《萤窗异草》等，它们继承了《聊斋志异》传奇与志怪结合的笔法和纪传体式，题材上多写花妖狐鬼，注重文采，各具特色，这些作品被称之为"聊斋派"，或称"藻绘派"。后来，在清代中叶又出现了以纪昀的《阅微草堂笔记》为代表的"阅微派"，或称"尚质派"，这类小说的作者不满于"聊斋派"的玄虚与流荡，力求"尚质黜华，追踪晋宋"，作品秉承"著书者之笔"，多写生平见闻，笔法简朴，不追求藻绘辞丽、情节铺排，而以议论为重，想象不足。代表作品还有《右台仙馆笔记》《耳邮》等。再后来，到了晚清，在两派影响之下产生的小说创作热潮中，有不少人试图综合二者之长而补二者之短，桐城许奉恩的《里乘》即为这一创作倾向的代表。

一

许奉恩（1816—1878），字叔平，号兰苕馆主人，桐城黄华里人（今属枞阳县黄美乡），行三。其家世代书香，曾祖许迈，字啸斗，号石村，以《易》补邑廪生，选拔贡生，乾隆十七年（1752）恩科顺天乡试第二名，出任高邮州学正。祖父许镶，字曙声，号文英、问凫，也以《易》补邑廪生，中乾隆庚子（1780）科举人，历任安仁、安福、会同等县知县。其父许丙椿，字若秋，号农生，晚号敩园，又自号垂钓先生，由郡庠生考授贡生，同治六年（1867）钦赐举人，赠五品钦衔，敕授奉直大夫。许奉恩幼承家学，受到良好的文化熏陶，又聪敏勤学，博览群书。青年时期即才华显露，时人称其"真率无饰，恂恂然书生本色，可亲可敬，望而知为有道士也"。许奉恩童子试每试辄冠，被目为神童，为桐城廪贡生，名重一时。但其后却久困场屋，乡试屡屡不中，沉沦不遇，只得以幕僚为业，传食四方。

从咸丰四年（1854）到同治二年（1863）这10年中，正是太平天国革命由兴起到衰亡的10年，许奉恩流离转徙，间关数万里，时为镇压太平军的大吏、将领出谋划策，多次死里逃生。后经上官奏奖，得朝廷册封了许多头衔，但因谒选绌资，未能赴任，后在扬州入为两淮盐运使方浚颐幕僚，光绪四年（1878）客死武昌幕府。许奉恩一生著述颇丰，曾记其所见所闻为笔记小说《风鹤涂说》，因未刊刻，藏稿于武林（今浙江杭州），城陷，悉遭散佚。后又仿照《聊斋志异》体例，撰写笔记小说《里乘》，积30余年始成10卷。其余如《兰苕馆诗钞》11卷、《桐城许叔平文品论诗合钞》1卷等，也文采斐然，诗论、文论不乏精辟新颖的见解。

《里乘》，又名《兰苕馆外史》。书中多数篇章基于见闻，言必有据，篇幅短小，叙述简洁，既不像纪昀那样恪守"著书者之体"，同时又仿蒲松龄那样纵横驰骋、大胆描述。《笔记小说大观》评价其为："有清一代，笔记小说夥矣，要以蒲、纪二氏最为擅场：《聊斋志异》以文词胜，《阅微草堂》以论断胜——皆千古不磨之作。此书独兼其长，谈狐说鬼，无殊淄水之洸洋；劝善惩恶，犹是河间之宗旨。纸贵已久，鼎峙何疑。"虽然认为《里乘》可以与《聊斋志异》《阅微草堂笔记》相提并论，明显过于夸大了《里乘》的成就，但认为其借鉴了《聊斋志异》与《阅微草堂笔记》的写作方式，却是切合实际的，这一评价也充分肯定了《里乘》劝善惩恶的创作目的。从总体上来说，本书还是较为详实地反映了晚清时期动荡腐败的社会现实，不少篇目颇具思想性。

许奉恩自幼聪颖，喜读小说，对于小说艺术有着颇为独到的见解。在《里乘·自序》中，许奉恩对中国小说的发展历程做了一番评述："小说在汉时已称极盛，西京以来，大儒多为此体，类皆光怪陆离，择言尤雅。魏晋六朝踵之，作者愈繁，修洁亦复可贵。厥后，唐代丛书，大放厥词，间多巨幅，放纵不羁，殊具奇气。沿及宋、元，渐流粗率；明则自郐无讥矣。至我朝，山左蒲留仙先生《聊斋志异》出，奄有众长，萃列代之菁英，一炉冶之，其集小说之大成者乎！"他尤其推崇魏晋六朝小说，对《聊斋志异》也给予了非常高的评价，认为它是小说史上的集大成之作。

二

在《里乘·说例》中，许奉恩将书中所收故事分别列为以下几种：一为劝惩果报，二为科第，三为神仙、鬼神、狐仙，四为儿女私情，五为绿林。卷八多录案狱诉讼，情节曲折动人，表达了作者对清官能吏的颂扬和呼唤。卷九为小说摘录，多介绍海外邦国和奇风异俗，如《琉球》《日本》《红夷》《西洋国》《宇内形势》等篇目，向人们介绍了海外异国的风土人情和世界形势的概况，具有开眼看世界的开放意识。卷十多涉及太平天国运动，颇为真实地反映了当时社会黑暗动荡的现实。

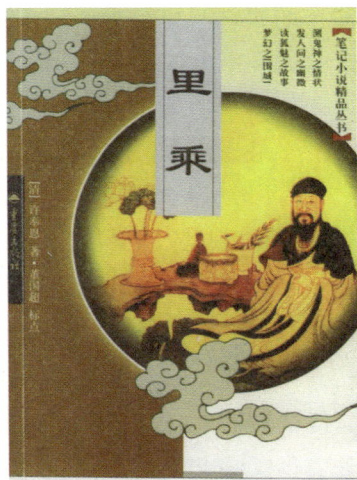

《里乘》书影

许奉恩信持福善祸淫、报应不爽的教条，所写的故事基本上都是"余善余殃，降祥降殃"的报应之说，"以证因果之说不谬"。

如卷一首篇《张相国祖》，就是一个积善余庆的故事：张氏之祖某公老不得志，家计日窘，一日锄菜时见窖藏白镪百万，公如旧掩好，将留作善举。公卒后数年，适遇奇荒，二子遵公遗命，出窖救荒，所活无数，邑令将为请奖，二子坚辞不受。这一善举荫庇后世，子孙显达，成巨家显族。当时督办赈灾的邑令得巨金而丝毫不入私囊，尽以赈饥，其子孙后世亦多显宦。

又如卷二首篇《陈太封公》，写陈太封公以经年积攒的钱财赠予因家贫而入室盗窃的族子某，因此老年得子，家境也渐渐富裕。得金的族子勤俭经营，

111

也渐至富裕，为报陈公恩德，以所购吉壤迁葬陈公父母，陈公的儿子由此少年登科。

另一方面，也有不少篇目讲述惩治恶行的故事，如卷一《左生》，左生本应贵居极品，子孙昌盛，但由于行止无检，邻翁屡屡规劝，左生始闻骇惧，继则故态复萌，被罚早逝，因侍奉继母至孝，三子仅余一子以延宗桃。

卷一《雷击二女》，写一村媪的孙女和外孙女与来村中卖蚕网的某叟之子相戏，将其钱财拿走。叟索钱不得，迁怒于儿子，逼其投河，叟归家后与妻子均自尽而死。虽然二女年幼无知，不一定是有心所为，但叟因失资而一门俱绝，故天降雷击亡二女，天罚可畏。

其余如《雷击某氏子》《乡场显报》《吾乡张生》《邑人某甲》等篇目，所述不外乎某人行不义之事而遭受天罚。这类劝善惩恶、宣扬果报的故事在《里乘》中不胜枚举，作者不厌其烦，反复讲述，甚至到了絮絮叨叨的地步。由于过分侧重宣扬轮回果报之说，遭到鲁迅的批评："貌似志怪者流，而盛陈祸福，专主劝惩，已不足以称小说。"

许奉恩大半生都是过着奔波无定的幕僚生活，见闻广博，所著的《里乘》虽标榜志怪小说，但几乎都注明了故事来源，具有鲜明的现实主义特征。除却所宣扬的果报成分，书中更多地关注和歌颂了普通人的品行和智慧。

如卷一《一文钱》，写徽商甲乙入妓馆，将所带囊金挥霍一空，二妓各赠白金五十两为其回家路费，二人又不慎遗失，仅剩一文钱。穷困潦倒之际，二人并未气馁，以仅剩的一文钱起家，百日敛钱三千余缗，两年积资数万。两人大书"一文钱"三字于店门，以志不忘所初。

卷一《姑苏某翁》，写姑苏某翁见邻人某甲磨刀欲杀其妇及奸夫某生，乃邀甲至家，乘机让某生逃脱，又剖陈利害，劝导某甲出妇另娶，连保两人性命，不至于酿成命案，其思周密。

卷一《叶孝廉》，写叶孝廉某日得书，乃同名者家书，其母家贫，欲改醮其妇。叶某巧事斡旋，先赠金，后奉养，此善举泽被后世。

又如卷二《黄勤敏公》，写黄公于科场逢女鬼欲索薄情某生性命，黄公代为调停，一解宿怨。

更有卷六《甲与乙为善友》，写甲乙二人为友，甲贫而乙富，甲将远出贸易，托家室于乙，乙毅然诺之。当甲子求助于乙时，乙佯装拒绝，暗中安排老奴购买甲家刺绣女红，促使甲家妻女自食其力，安分守己，三年后甲归来方告知真相，可谓用心良苦，不愧为善友。

《里乘》中还记载了不少豪侠奇士之事，写得颇为生动传神。如卷三《绛帻生》，写庐州武弁绛帻生偶遇某生姬妾，闻其为大妇所欺，出于义愤认其作妹，为其讨回尊严，塑造了一位黄衫客之类的侠客形象。卷六《金钱李二》《少年客》则塑造了盗亦有道的绿林豪强形象。

值得一提的是卷三《郑甲》，写盗魁郑甲带领众贼行劫，遇上剑仙几乎丧命，从此改过自新，不敢复为盗贼。故事情节虽然较为老套，并无出奇之处，但在叙述过程中采用第一人称叙事，颇为独特。虽然开篇的第三人称叙事与郑甲的转述之间缺乏过渡，稍显不足，但这种使用第一人称叙述的尝试本身就很新颖，具有很高的创新价值。

《里乘》中最为出彩的是描写女性形象的篇目，许多女性形象塑造得生动鲜明，跃然纸上。

如卷三《仙露》，写纨绔子弟高阳生恋吴下名妓仙露，钱财挥霍一空，备受鸨母冷眼，仙露伺机赎身，与高阳生跳出火坑。为了让高阳生知道谋生不易，仙露身怀重宝却不动声色，与生同吃苦共患难。在仙露的巧妙帮助下，高阳生重拾旧业，得以温饱后却不思进取，仙露不失时机地劝其弃贾而仕。高阳生到任后，事无大小，皆内决于仙露，庶务毕理，生惟优游素餐，坐享其成而已。生晋位半载，仙露又劝其急流勇退，促生力行善事，乡人称颂不衰。这个故事与《警世通言》中著名的《杜十娘怒沉百宝箱》相类似，都是风尘女子设计从良，但与杜十娘不同，仙露在与高阳生的交往过程中，处处占主导地位，积极主动，高阳生反而是仙露的从属形象。故事的最后，作者评论说："仙露作为，事事令人可爱、可法，初属其求仕，继佐其为政，终促其勇退，且劝力行种种善事，乡人称颂，其见地之高，多非须眉所能及，何况巾帼者，何况巾帼而勾栏者！噫嘻！异矣！"

其后一篇《袁姬》，亦塑造了一位与仙露一般富有谋略的风尘女子形象。顾生恋慕楼船美姬袁氏，得义士相助以千金为姬脱籍，不料袁姬却极不情愿，其养父母劝之再三，袁姬勉强应允，却于迎亲次日归宁，一去不回。顾生无奈诉诸郡守，袁姬只得答应与顾生两舟相并，每晚携衾枕到顾生舟上就寝，天明则返己舟。如此半年有余，袁姬忽于某夜令生舟由钱塘江急往杭城，天明袁翁媪追至，责其背逃之罪，然而袁姬与顾生先有凭媒署券，后又经郡守判断，"嫁夫随夫，何谓背逃？"原来袁姬积蓄过万，仓促嫁生断难携带，故设计使两舟相并，每日搬运。其机警如此，用心良苦。作者亦在篇尾加以评论："古所谓将飞者翼伏，将奔者爪缩；守如处女，出如脱兔，袁姬有焉。"认为仙露事事从容，而袁姬事事沉密，"可称女中二豪。"

此外，还有《林妃雪》中冰清玉洁的梅精林妃雪，《古雏鸾》中通晓翰墨的狐女古雏鸾，《柯寿鞠》中心高命薄的乐伎柯寿鞠，《欧公子》中重情重义的净影以及聪敏机智的净香，等等，不仅外表美丽，更具有强烈鲜明的个性魅力，光彩照人，令人读之印象深刻。

从意蕴主旨上来说，《里乘》以宣扬劝善惩恶的教化为主，艺术独创性不足，但其笔法流畅圆融，结构紧凑合理，"文心结构如剥蕉抽茧，绘声绘影，无不毕现纸上"，呈现出鲜明的传奇特征。这种追求小说的娱情、审美功能的创作观显然已经是深入人心，盖过了以《阅微草堂笔记》为代表的拟汉晋小说风尚的简朴样式。传奇笔法的使用，不仅使人物形象更加丰满真实，也使作品劝诫说理的主旨更容易表现，正如刘毓楠在《里乘·序》中所说："且夫善书至今亦甚夥矣，或尚典奥，村氓懵然不知；或尚鄙俚，学士哑然不屑。君有鉴于其失，埽去陈言，蒐辑新事，信手拈来，雅俗共喻，正如生公说法，必使人人点头而后已，此其所以可贵也。"

《里乘》中的多数传奇小说情节曲折，引人入胜。如卷四《姮儿》写明季东岳尚书某公女姮儿与奚生两相爱慕，后来姮儿被许嫁冢宰之子某甲，迎娶有期。姮儿之乳媪为姮儿通报消息，其嫂为姮儿谋划，众人帮助奚生与姮儿偕遁，而其嫂则将姮儿所居之房付之一炬，父母皆以为姮儿葬身火海。姮儿与奚生逃至穷乡赁屋而分居，但二人以礼自持，不及于乱。后某甲父子作恶多端，被人所劾，充军死于途中。生又联捷高中成进士，授编修。姮儿之嫂始对家人言明真相，为二人完婚。情节婉转曲折，扣人心弦。

又如卷十《江西刘某》，情节更为波折，悬念迭出。故事写刘某家饶富而性刚直，乡人以为武断，皆严惮侧目而无可奈何。甲、乙两家之端姑与长郎有婚约，后甲反悔，欲将端姑嫁与刘某，端姑与长郎出逃，结果途中误入刘某之家，此为一波折；某甲欲捕二人回来，却抓回其妹之奸夫，并致使奸夫丧命，此二波折；刘某要挟某甲，诉诸公堂，且欲娶端姑，此三波折；故事结局却出人意料，刘某不但为端姑、长郎主婚，且以某甲之赎金助二人成家，而端姑、长郎则不念旧恶，奉养某甲至终老。整个故事一波三折，处处皆在读者意料之外。

卷三《褚祚典》，则写褚祚典年少时曾为盗贼，后来官至山东按察使，白日为官，夜则仍与旧伙为盗，人无知者。上司严令缉拿盗贼，一无所获。后来众吏请得河南名捕梁科相助，梁于黑夜发弹中盗之额，终于揭开褚祚典的真面目。盗者做官，官盗勾结，令人匪夷所思。

卷十《易容之》，写奇士易容之本为佣工，后由仆而贩，由贩而贾，由贾而仕，最后守城殉难，一介布衣竟为忠臣烈士以终，其生平遭遇令人惊叹。

《里乘》的创作运笔娴熟，构思巧妙，布局铺排合理，其中的优秀篇章足可与《聊斋志异》比肩媲美。

三

《里乘》一书，是许奉恩漂泊经年的积淀之作。他奔走四方之时，目睹了动荡不安、黑暗腐败的社会现实，对于人民的苦难遭遇表示深切的同情，却又无力回天，只得借由轮回果报之说聊以慰藉。

桐城孔城老街

作为积极入世的知识分子，他十分关心国家的命运和人民的疾苦。通过姑妄言之的小说创作，他鞭挞了巧取豪夺、乘人之危的豪强恶霸，颂扬了平冤昭雪、廉政爱民的清官能吏，赞美了自由相爱、争取自主的青年男女，歌颂了行侠仗义、扶危济困的义士侠客。这是儒家知识分子忧国忧民、尊重生命的积极思想的体现。尽管许奉恩仍然站在保守的封建统治阶级的立场，絮絮叨叨地劝善惩恶，宣扬因果，但他对人们的不幸遭遇的同情和对和谐美好的社会生活的憧憬是值得赞扬的。

他的小说创作，虽然受到文学传统的束缚和重实尚据的时代影响，未能突破旧有的小说创作模式，欲学《阅微》而不及其丰神厚重，欲学《聊斋》而欠轻灵飘逸，但其文笔细密，结构紧凑，亦不乏名篇。他以个人的不懈努力，为清末文言小说创作的园地增添了一抹亮丽的色彩。

另外，许奉恩生于被誉为"文都"的桐城，此地明清两代文风昌盛，许氏家族也为桐城文化世家。许奉恩之所以能写出《里乘》一书，与桐城文风对他的沾溉濡染是分不开的，从这个意义上讲，《里乘》也是桐城地方文化结出的一枚硕果。

参考文献：

1. ［清］许奉恩著、文益人校点：《里乘》，齐鲁书社 2004 年版。

2. ［清］许奉恩著、诸伟奇校点：《兰苕馆外史》，黄山书社 1998 年版。

3. ［清］许奉恩著：《兰苕馆诗钞》，清光绪十一年刻本。

4. 李伟实、许志熹：《许奉恩评传》，《明清小说研究》1999 年第 6 期。

5. 张振国：《晚清桐城许奉恩〈里乘〉谫论》，《黄山学院学报》2011 年第 2 期。

6. 陈文新：《论笔记体与传奇体的品格差异》，《学术研究》1995 年第 2 期。

7. 郑丽红：《〈里乘〉研究》，南京师范大学 2007 年硕士学位论文。

8. 曲金燕：《清代文言小说研究》，苏州大学 2008 年博士学位论文。

十三、且与稗官结幻缘

——宣鼎与《夜雨秋灯录》

　　夜雨秋灯手一编，寓公身在奈何天。

　　蹉跎不上凌云赋，且与稗官结幻缘。

　　这是晚清小说家宣鼎诗集《铎余逸韵》里的一首诗，是关于其小说集《夜雨秋灯录》创作心态的夫子自道。宣鼎（1832—1880?），字子九，号瘦梅、香雪道人等，安徽天长人。少时家中颇为殷实，博览群书，工书善画，多才多艺。20岁时父母相继去世，家道中落，宣鼎不得不转徙江湖，过着穷愁潦倒的漂泊生涯。太平天国运动爆发时，曾慷慨从军，几死锋镝。后到上海以卖书画为生。31岁起，辗转山东兖州、济宁等府署，为幕府司笔札，"奔疲蹇涩，近于托钵"。40岁时开始创作小说，集成《夜雨秋灯录》。此后又写成《夜雨秋灯续录》，书"犹未梓成"即病逝。其他作品尚有短篇小说《钟小妹传》、传奇剧本《返魂香传奇》以及《粉铎图咏》等。

　　光绪三年（1877），《夜雨秋灯录》由上海申报馆以仿聚珍版印行问世，共8卷115篇。光绪六年（1880），又出《夜雨秋灯续录》，仍为8卷115篇。《夜雨秋灯录》是晚清时期文言短篇小说的知名之作，面世之初即"价重鸡林，誉隆鹊冠，争先快睹，悦目怡情"，一时传布颇为广远。书中内容多为神奇怪诞的故事，是宣鼎"取生平目所见、耳所闻、心所记且深信者"，仿蒲松龄《聊斋志异》的体例和笔法而作，在众多追摹《聊斋志异》的作品中堪称佼佼者，时人称之为"唐人小说之流亚，《聊斋志异》之嫡传"，誉之为清朝文言小说的压卷之作。鲁迅在《中国小说史略》中说："《夜雨秋灯录》十六卷（光绪二十一年序），其笔致又纯为《聊斋》者流，一时传布颇广远。然所记载，则已狐鬼渐稀，而烟花粉黛之事盛矣。"但鲁迅所读的《夜雨秋灯录》非为正本，其中掺杂了不少伪作，多为"烟花粉黛之事"。

事实上，《夜雨秋灯录》与《聊斋志异》相比，确实少了许多狐鬼妖魅的故事，描写烟花粉黛的篇目亦未盛，然而书中所记的故事仍旧是光怪陆离，匪夷所思。看起来似觉满纸荒唐言，然而其背后是对整个世态与人情的描摹与感慨，是对社会黑暗面的揭露与批判，其中滋味，当如中国所有郁郁不得志的知识分子一般满腹辛酸。

一

宣鼎在书的《自序》中，道出了自己创作的缘由：时年九月秋日，在宣鼎生日的当天，同友人登少陵台而望曲阜。满地黄花，西风渐紧，宣鼎自伤年已不惑而半生沦落，漂泊无建树，内心陷入极大的痛苦之中，欲语而无声，欲哭而无泪，最后竟至大病一场。

宣鼎自幼饱读诗书，能书能文，本应建功立业，一展雄才，却少膺孱弱，壮值乱离，接连遭受父母病逝、家道中落、荒年天灾、兵马战祸等多重灾难，多次与死亡擦肩而过。经年坎坷漂泊的生涯使他根本无暇通过科考入仕，而幕府生涯却也只是寄人篱下，仰人鼻息。或许宣鼎曾有过建功立业的愿望，也只能付诸东流。湮灭于潦倒与屈辱的生存困境。黑暗腐朽的官场更使他清醒地认识到自己的理想抱负根本不可能实现。凡此种种，无一不使他感到怀才不遇，知己难觅，壮志难酬。

正是在这股不可遏制的孤愤的驱使下，宣鼎开始了《夜雨秋灯录》的创作。"每夕作文一篇或两篇，不数日，而患遂霍然。"写作成了他医治心灵创伤的良药。其后8年，他笔耕不辍，一发而不可收，50多万字的《夜雨秋灯录》及《夜雨秋灯续录》一气呵成，蔚然可观。书成之时，时人问之"夜雨秋灯"四字作何解，宣鼎在《自序》中道："当其病滋阳署时，愁霖滴沥，冷焰动摇，千里家山，时入梦寐。秋魂欲语，病魔乍来，此无可奈何之境也。以无可奈何之身，当无可奈何之境，未能已已，奋笔直书耳。"直言其为生活所迫而"发愤著书"。为该书作序的蔡尔康更是将其"无可奈何"的困顿境遇与杜甫、阮籍、贾谊、祢衡等前贤相比，称《夜雨秋灯录》为"无限伤心"的"香草美人之喻"；何镛在《夜雨秋灯续录》的《后序》中也明确表示，两书是"犹谓幽人逸士不得志者之所为"。"发愤著书"的说法，远可上溯至司马迁，是他对于中国古代早期文人因遭遇不幸而著书立说的创作动机的概括。事实上，这一动机远非文王孔子、屈原左丘等几位先贤专属，它适用于我国文学史上的所有因怀才不遇而开始文学创作的作家，是我国文学赖以发展的重要推动力。

宣鼎饱读诗书，在骨子里就已继承了这一传统，其所追摹的《聊斋志异》，亦是作者于萧斋冷案之上著成的"孤愤之书"。中国文人深层的心境是相通的，一样痛苦而敏感。在半生漂泊、困顿潦倒的境遇下，宣鼎自然而然地追慕先贤，走上了"发愤著书"的道路，借创作来疗治精神的创伤，排解满腔的愁郁，寄托自身的理想，并借此以实现自我价值，对无情的命运进行不屈的抗争。

宣鼎出生于书香世家，然而不公的命运却将他抛入了社会的最底层，使他成为游食四方的平民百姓，饱尝家国之痛与忧患之感。中国知识分子骨子里有着根深蒂固的对社会人生的责任感，宣鼎深受传统儒教的熏陶，以劝世救世为己任，但低微卑下的社会身份却使他壮志难酬，因而内心充满矛盾，十分痛苦。宣鼎自谓性好佛老，喜听谈玄，却终其一生都未能超脱。自魏晋以后，中国最有教养的知识者们，几乎都与佛道有着某种精神联系，然而真正悟得了禅机的，却是不写文章的。"达则兼济天下，穷则独善其身"，看似达观，只是其中的苦衷不欲言明而已。一味在文章里飘逸的人，其实内心深处往往苦得很，看起来一派闲适洒脱，不以用世标榜，然而最难忘的却是痴心救世。

宣鼎正是这样的最传统的中国式知识分子，面对万马齐喑、风雨如晦的社会现实，他将一腔热血付之于笔端，以刺世事，走上了以文济世的创作道路。这是历史的宿命，也是时代的召唤，更是中国知识分子最高的职责与荣耀。

宣鼎所生活的时代，是中华民族风雨飘摇的时代，是动乱与悲哀的时代。

持续了2000多年的封建统治日益走向腐朽黑暗的末路，加之外有帝国主义列强的侵略，内有太平天国农民起义的冲击，风雷四起，河山喋血，广厦倾颓，金瓯渐残。王朝的末世从来都是动荡不安的，社会的各阶层都在内忧外患的双重冲击下混乱崩塌，世风日下，道德沦丧。宣鼎少时亲身经历了血缘至亲为了争夺利益而反目成仇的惨剧，在多年辗转的幕府生活中又目睹了官场的黑暗腐败和官吏的昏聩无能，对于市井民间种种道德沦丧的现象更有透彻的了解和切肤的感触。

家与国的双重患难，多年转徙漂泊的困顿生活，使宣鼎对社会和人生有着独特的感悟。这是生活给予他的一份极可珍视的财富，这份生活经验使他更为深刻而具体地认识了当时中国社会普遍存在的混乱与黑暗。面对人心不古、礼乐崩坏的现状，宣鼎以中国知识分子的良知责无旁贷地肩负起力挽社会颓风的重任，由此形成了他对于社会现实的批判态度，并深刻地反映在他的作品中。"樵歌牧唱，有时上献刍荛；鬼董狐谐，无语不关讽劝。"所有怪诞神奇、子虚乌有的虚妄故事，无一不是现实社会的象征与影射，是宣鼎意图匡正世风的美刺之言，与良史同功。

二

《夜雨秋灯录》及《夜雨秋灯续录》或书奇事，或志畸行，或论民故，或摹艳情，深刻反映了清末动荡不安的社会现实和市井大众的世态人情。宣鼎长期混迹社会下层，与引车卖浆者朝夕与共，所接触的都是自食其力的劳动者。他的思想情感，无一不打上了世俗平民的烙印。反映这些市井平民的生活、普通劳动者的命运的章节，也就成了《夜雨秋灯录》及《夜雨秋灯续录》中最为光彩的部分，值得珍视。

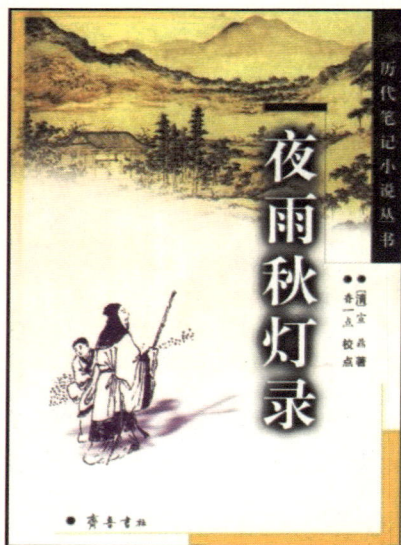

《夜雨秋灯录》书影

对于社会底层民众的苦难生活，宣鼎给予了深深的同情，无情地揭露和批判官吏豪强的凶残和社会的腐败：

《金竹寺》中富豪韩虎儿见孤婿幼女貌美，便要强娶为妾，女方只得以自裁来反抗。

《蛇膈》中豪富孙某家人侵人田地，邻人上告宰官，"胥吏皆富家鹰犬，反白眼施恶声"。宰某亦置之不理，邻人状告无门，气愤濒死。

《赚渔报》中的恶霸胡潜义为了择取风水宝地，竟以结亲为幌子，骗取世代打鱼为生的包氏祖地，最后逼得包女自缢身亡，包翁夫妇远走他乡以避祸。

《槐根银瓷》虽然是站在封建统治者的角度攻击农民起义军，但也真切反映了平民百姓在战乱荒年卖儿鬻粥的惨状。

《父子神枪》中，官府公门对"公然夹私，漏税虐民"的大商巨贾熟视无睹，置若罔闻，对"肩挑步担，借此获蝇头利"的小盐贩却肆意凌虐殴打，勒索敲诈，与乱世的"窃钩者诛，窃国者侯"几无差异。

《天魔禅院》中的朝廷权贵，更是与寺观淫尼相互勾结，卖官鬻爵。

除了来自本国内部恶吏豪强的欺压之外，身处社会底层的民众还遭受着外国殖民者的凌辱：《长人》中的两兄弟，身高丈余，因家境贫困无以为生，被洋商买去，"择洋妇之黝且矮者配之"，甚至将他们关在玻璃笼子里当作稀有商品一样四处展出，大发洋财。

其他如《烈殇尽孝》《发绣佛》《司徒如意郎君》《白老长》《卖高帽子》《丧事演剧》《小报应》《婷婷》《牛头》《秃发张》等诸多篇目，或是深刻揭露下层民众的惨痛遭遇，或是真切同情清官忠臣的凄凉结局，或是辛辣嘲讽官场的阿谀奉承，无一不动人心魄，令人扼腕。

宣鼎少时父母相继亡故，亲身经历了家族亲戚为争夺他的家产而反目成仇的痛苦，对于金钱腐蚀下的亲情伦常、每况愈下的世风人心非常关注，其小说也对此进行了无情的揭露与批判：

《田处士石驴》中卢翁向亲家陆翁借贷，陆翁看在亲家的份上没有立券，而当陆翁想讨回所贷金钱时，卢翁毫不认账，坚决不承认有借贷一事。

《绿蓑钓叟》中王某眼见亲生女儿与女婿"三餐常不给"，也不承认亲家临终时寄存巨款，逼得女儿女婿走投无路，几欲自杀，"为厉鬼杀负心人"。

《公道娘子》中两兄弟分家产，兄贿赂亲戚，自得十之九，以一归弟，却无人主持公道。

《铁簪子》中恶毒的兄长获罪，孪生弟弟代其服刑，等到弟弟归家，竟下毒欲置其于死地。

宣鼎撕开了人情关系上温情脉脉、道貌岸然的面纱，直刺在金钱诱惑下人情关系的脆弱与虚伪。动荡不安的社会让人变得见利忘义，唯金钱至上。

《古泗州城》中，某人在奇境中回到前世的故居，尤不忘携钱而归。

《银变虾蟆》中某人渡河时在水中摸到银子，急忙装进怀中，不久银子变成了癞蛤蟆消失无踪，以后此人每见蛤蟆跳，"犹目光荧注，疑其为朱提变化云"，丑态毕露。

《卖儿田》中某人为区区一块良田，竟帮人出毒计害人。

《秃发张》中乔女携子方逃出匪巢，却又陷入贼船，船家秃发张夫妇先是索要高额酬金，后又夺子劫财，甚至将乔女带到荒僻之地，意欲将其饿死。

人为了钱财利益，竟不惜害人性命，甚至加害自己的骨肉至亲。所谓的人，不过是身披人皮、心如蛇蝎的牲畜，反倒是那些荒林野外的野兽鬼灵，比人更加知恩图报，黑白分明。

《鳄公子》中的鳄鱼本是形象可怖的动物，却能远游珠江千里寻兄，替母分忧，显得温驯可爱。

《义猫》中的猫儿在主人家道中落时衔来宝物，知恩图报。

《珊珊》中的虎女珊珊"报德于未遇之时，救人于极危既穷之后"。

《棒头神》中的捣衣杵竟也化而为神，窃邻家之财以周济丐妪。

《谷於菟》中失足坠崖的少女得虎母哺养，幸得存活，可当她回到家中，父母却将她当作虎伥而欲杀之，少女"不死于虎，几死于骨肉"，令人愤慨。

正如作者在《白老长》中借"白老长"之口所说："俨然人上者，不过人而兽，较彼之人而畜，畜而人者，更可嗤耳。"

对于那些作恶多端、忘恩负义的恶人，宣鼎不仅予以无情的揭露和辛辣的嘲讽，还借用轮回果报之说将他们推上了道德的审判台，予以斥责和鞭挞。而那些身份低微，甚至是身处困境却尤心存善念的市井草民，宣鼎都不遗余力地进行颂扬，肯定这些人性中善良美好的部分，赞美这些在道德沦丧的黑暗现实中仍顽强挣扎的曙光。

《青天白日》中的南郭生身为乞丐，拾得重金却能物归原主，逼迫失金的丫鬟委身于自己的最后关头又果断离去，由此造下阴德，终于"卑田院中乞儿而中黄榜"，与丫鬟终成眷属。

《刘子仪膏药》中的老学究刘子仪于困顿不支时梦得良方，发家后犹哀贫怜苦，深夜亲为乞丐医疮，此后制药竟得神助。

《闺侠》中的富家女江凤卿在出嫁途中遇上同时出嫁的贫家女耿湘莲，怜其贫苦而赠金 50 两，后江凤卿家道中落，发家后的耿湘莲仍不忘恩人，将家产分予一半，并结为儿女亲家，俱得圆满。

《夜雨秋灯录》以众多篇目，不厌其烦地讲述这些善恶有报的故事，其意在歌颂市井平民淳朴的善行和美德，以讽刺和规劝上层社会寡廉少耻、见利忘义的无耻行为。宣鼎尽悉当时社会现实之黑暗，也深谙当时道德伦常之腐化，却依然以知识分子的良知与统治阶级已然变异的政治礼法相较量，凭三寸之笔无畏地以卵击石。

为数众多的女性形象是《夜雨秋灯录》的又一大亮点。宣鼎较为完整地展现了女性的悲惨命运，同情她们所遭遇的不幸。

《妾薄命》中的妓女楚楚追求真爱却被无情抛弃，只得自杀。

《红蘤》中妓女红蘤与安生两相爱慕，却因战乱分离，假母将其卖与他人做妾，红蘤郁郁而亡。

《郭秋卿》中的郭秋卿与仆人私奔，父亲发现后竟狠心将她卖与商贾做妾，以遮家丑。种种女性悲剧，不一而足。

宣鼎还极力赞扬女性的智慧、勇气和才干。

《王大姑》中的大姑在捻军来犯之际从容不迫，以非凡的智慧与勇气直面军匪，牺牲自己而保全全族人的性命。

《卓二娘》中的宋东墙狎妓成性，不听讽劝，妻妾相继幽愤而死。新寡的卓二娘却不顾劝阻，毅然嫁给宋东墙为妻，"以不谏为谏，以不防为防"，以欲擒故纵之计迫使宋东墙安分守己，从此"手不许攫一文钱，足不容逾一重阀"，再不敢眠花宿柳。

《耍字谜》中的刘世璜，少年即抱奇志："红闺非桎梏，心在白云乡"，一心追求自己人生的价值和为人的尊严。"天生女子，亦犹是人耳，何必尽以簪花傅粉为可人，以压线调羹为能事？"她在卧阁题词："巾帼何曾限，女流当自强。"显现出女性朦胧的人格觉醒和独立意识。父亲去世后，她女扮男装，出任县令，理政有方，抚民有术，治乱有功，文武兼备，胜过须眉。刘世璜身为女子，却显示出傲视群雄的才能，这是对男权社会的极大讽刺。

《大脚仙杀贼三快》中的3位女子，虽身陷险境，却能依靠自己的智慧杀敌脱身，其智勇令人钦佩。

对于那些勇敢追求自主爱情的女性，宣鼎也十分欣赏。面对爱情，她们不再拘于礼法，任人摆布，而是热烈大胆地主动追寻。

《盈盈》中的富家之女张盈盈在荒郊野外迷途之时，向偶遇的心上人大胆求爱。

《雪里红》中的薛一娘以掷骰子相夫，终于求得如意郎君，不愧为"桃李之艳而姜桂之性"。

《谷慧儿》中的谷慧儿别出心裁，以擂台比武的方式择夫，有情人终成眷属。

最为特别的当属《秦二官》中的艺人之女阿良，爱慕农夫之子秦二官，主动表达爱意，半夜逾墙与二官幽会。当父母反对他们的结合时，阿良深夜私奔至秦二官处，以自己的技艺养家糊口，后来父母将她追回并嫁于别人。本以为这段爱情就此结束，不想多年后阿良的丈夫与秦二官结为好友，引入家中，阿良旧情复炽，竟杀夫焚家，与秦二官再次私奔。阿良为追求爱情，所行疯狂泼辣，百无禁忌，大胆至斯。而秦二官面对如此炽热的感情却无力承受，告发了阿良的罪行，在阿良被处决后大呼"好友为我死，情人为我死，我义不独生！"不堪承受情与义的矛盾而自尽。秦二官在情与义、生与死之间的矛盾和抉择，从特殊的角度控诉了不自由的婚恋造成的戕害，震撼人心。

宣鼎还赞颂了男女之间爱情的无私。

《东野砧娘》中的农家女砧娘，不愿离弃身患顽症的丈夫，尽心地服侍他。

《麻疯女邱丽玉》中的邱丽玉，宁可自己病发身亡，也不愿将恶疾传染给被骗婚的丈夫，宁可用自己的死换取陈绮的生。后来当病发的邱丽玉来到陈绮面前时，陈绮不仅予以收养，看成结发妻，并亲自为她煎汤熬药。二人真挚无私的感情终于感动上苍，邱丽玉偶然之间以蛇毒治好了麻风病，二人终成眷属。陈邱二人忠贞不渝的纯洁爱情和舍己为人的高尚情操，使这篇故事成为传唱不衰的名篇。

除此之外，宣鼎还刻画了不少妓女形象，但其关注点已非"烟花粉黛"的风流韵事，而是同情其不幸的遭遇，如《妾命薄》；或是抨击其认钱不认人的秉性，如《沉香街》；或是揭露其骗人钱财的诡计，如《珠江花舫》。《夜雨秋灯录》中的女性，已不再是《聊斋志异》中花妖狐魅的妖异形象，而是以现实中活生生的人的身份出现，显示出作者劝诫讽谏的严肃意图，与以游戏消遣为目的的小说创作迥然不同。

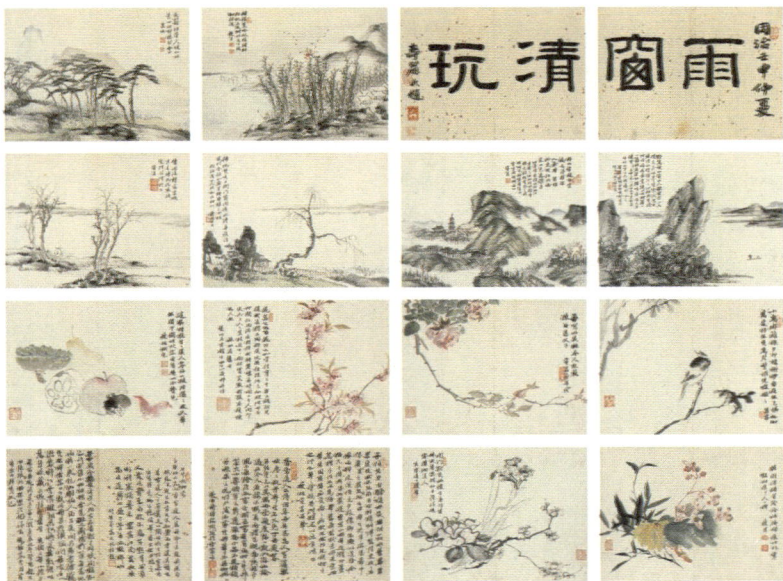

宣鼎画作

三

"书奇事则可愕可惊，志畸行则如泣如诉，论民故则若嘲若讽，摹艳情则不即不离。"作为一个沉郁困顿、穷愁终身的下层知识分子，宣鼎的创作关注着平凡人的世界，显示出鲜明的现实主义风格。虽然借鉴了唐传奇、《聊斋志异》等前人的技法，但在题材内容等方面，仍创造了属于自己的独特风格。

宣鼎多才多艺，极富艺术家气质，常借戏剧手法编织故事情节，波澜迭起，引人入胜。所塑造的人物形象有血有肉，生动饱满。许多篇章想象瑰丽，亦幻亦奇。其语言亦清新幽渺，雅俗得当。常借篇尾"懊侬氏"之口，发警辟之语。《夜雨秋灯录》虽是孤愤之作，所悲愤和痛心的却大都是现实中的不公现象和普通民众的不幸遭遇，鲜少为自己鸣不平。《笔记小说大观》称其"能于列朝及有清小说界中崭露头角。其宗旨不外劝善惩淫。绮而不妖，质而不理。趣味浓郁，辞事新鲜。洄可上匹柳泉，近济遁叟。篝灯夜读，处处引人入胜。如啖佳果，如对名花，如睹龙宫宝藏，如听钧天广乐。"由此，《夜雨秋灯录》的成就可见一斑。

参考文献：

1. ［清］宣鼎著：《夜雨秋灯录》，黄山书社 1985 年版。

2. ［清］宣鼎著、恒鹤点校：《夜雨秋灯录》，上海古籍出版社 1987 年版。

3. 王海洋：《清代仿〈聊斋志异〉之传奇小说研究》，安徽人民出版社 2009 年版。

4. 刘世林：《清代文言小说家之发愤著书者及其他》，《明清小说研究》1995 年第 9 期。

5. 于师号：《〈夜雨秋灯录〉艺术新探》，《明清小说研究》2008 年第 4 期。

6. 吴娜：《宣鼎〈夜雨秋灯录〉及〈夜雨秋灯续录〉研究》，安徽师范大学 2006 年硕士学位论文。

7. 毛成坤：《宣鼎〈夜雨秋灯录〉（〈续录〉）研究》，曲阜师范大学 2007 年硕士学位论文。

8. 仰海龙：《宣鼎〈夜雨秋灯录〉研究》，扬州大学 2009 年硕士学位论文。

9. 范杰：《〈夜雨秋灯录〉〈夜雨秋灯续录〉的思想文化价值及其创作特色研究》，漳州师范学院 2012 年硕士学位论文。

10. 杨士钦：《〈聊斋志异〉与其后的传奇小说比较研究》，曲阜师范大学 2006 年硕士学位论文。

十四、人生长恨水长东

——论张恨水的小说

张恨水（1895—1967），原名心远，恨水是其笔名，安徽潜山人。现代著名的章回体小说家，也是鸳鸯蝴蝶派代表作家。在中国现代的通俗小说界，张恨水是"天字第一号人物"。一是因为他的名气最大，老舍曾称张恨水是"国内唯一的妇孺皆知的老作家"（《一点点认识》）；二是因为他的作品最多，他一生创作了中长篇小说120多部，比巴尔扎克还多，总字数约2000万；三是因为他的水平最高，他将中国传统的章回体小说与西洋小说的新技法融为一体，在不知不觉中把中国的章回体小说提高到一个雅俗共赏的新阶段。张恨水的作品虽然汗牛充栋，但他最得意的作品只有3部：《春明外史》《金粉世家》和《啼笑因缘》。

张恨水一家

一

传统的章回体小说能够吸引读者，依靠的是两种表现手段：一是故事情节的曲折，二是人物情感的缠绵。故事性，自然是张恨水小说的显著特色，他继承了中国传统说书的技法，注重故事性、趣味性。

张恨水是编故事的好手，《春明外史》中将杨杏园一生的爱情故事写得一波三折，凄婉动人。围绕这条爱情主线，又贯穿了无数个小故事：何剑尘和花君的爱情故事，蒋淑英与张敏生、洪慕修 3 人之间的三角恋爱故事，朱鸾笙的悲惨遭遇，富家驹对晚香玉的爱慕与追求，甄大觉与几个女人间错综复杂的情爱故事。令读者目不暇接，只能天天盼"下回分解"，欲罢不能。

《金粉世家》是写国务总理之子金燕西与寒门才女冷清秋的爱情故事，两人爱情至上，不顾一切勇敢结合，有情人终成眷属。婚后却因门第悬殊，两人志趣难投，金燕西纨绔子弟的旧习难改，在外面吃花酒，捧戏子。其父病故，大厦将倾，就依靠从前的恋人白秀珠谋划出国，逐渐冷淡、抛弃了冷清秋。冷清秋看透金燕西不可能回心转意，便不带金家一文钱，毅然抱子出走，靠卖字画度日。美丽的爱情故事演变成一场婚姻悲剧，波澜起伏，出人意料。

《啼笑因缘》以北洋军阀统治时期的北京为背景，描写了江南富家子弟大学生樊家树与天桥鼓书女艺人沈凤喜的爱情故事。军阀刘将军看中了沈凤喜，逼她为妾，沈凤喜在威逼利诱之下屈从。樊家树在江湖侠士关寿峰、关秀姑父女的协助下进行营救，终未成功。刘将军发现沈凤喜对樊家树不无留恋，遂将沈虐待至发疯。这时候，曾经追求过樊家树的富家女何丽娜，已经谢绝舞场，遁迹西山，茹素学佛。最后，樊与何在西山重续前缘，两人心灵相通。樊家树求沈得何，故事出人意料，令人啼笑皆非。为了吸引读者，作者又在文中增加了一些"噱头"，加上豪侠人物关秀姑父女的神出鬼没，故事便更加曲折生动。

二

真情，是张恨水小说最动人之处。他的小说情节大多是虚构的，故事曲折离奇，只因情是真的，也便深深地打动了读者的心。他用真情呼唤读者心底的良知，用真善美引起读者的共鸣。

读者的心愿是愿有情人终成眷属，梨云病死、冬青有暗疾不能成婚，都令每一个善良的人洒下一掬真诚的眼泪。人们喜欢杨杏园不单纯因为他是才子，更因为他能在梨云重病无人过问时倾心照顾。冷清秋与金燕西因真心相爱结合，读者为之高兴。冷清秋被燕西冷落，在她生日时孤独地写下自寿诗"锦样年华一指弹，风花直似梦中看。终乖鹦鹉贪香稻，博得鲇鱼上竹竿"；被燕西抛弃时，她悲痛欲绝，泪水滴在了怀中婴儿的口中，也滴在了读者的心中。她出走后，留书给金燕西，一声声"行矣！燕西。生生世世，吾侪不必再晤……行矣！燕西。君子绝交不出恶声"。让人不禁潸然泪下，这样善良文静而又清高自尊的才女竟遭到如此不公平的待遇，谁能不为之动情呢？

张恨水的小说就是这样用跌宕起伏的故事情节吸引人，用真挚自然的情感打动人。讲求故事性、趣味性，使他的小说拥有了广大的读者，掀起了轰动一时的"张恨水热"。《啼笑因缘》问世后，立刻红遍了全国，上至政府名流，下至风尘少女，一见着面，便问《啼笑因缘》。一时间，《啼笑因缘》成了张恨水的一个符号，家喻户晓、妇孺皆知。

《啼笑因缘》书影

三

雅俗共赏是张恨水小说最基本的特征。张恨水的小说是通俗的，它适合大众的口味。他曾自言，他的小说是为"匹夫匹妇"们写作的，是供读者茶余饭后消磨时光的。然而，他的小说通俗而不庸俗，满蕴趣味但决不低级，他将传统士大夫们的闲情雅趣融于大众的世俗生活，将士大夫的雅文化普及为大众文化，因此张恨水的小说是俗中见雅，蕴含着深厚的文化韵味。富有闲逸俊雅的文人情趣，是张恨水小说有别于其他通俗小说的显著特色。这一特点使无数文人产生了共鸣。

《金粉世家》中冷清秋一出场便因当场手写了一幅镶嵌着求联人名字和职业的对联"文章直至饥臣朔，斧钺终难屈董狐"，赢得了作品中"我"（笔名文丐）的好感，引起了进一步探究其身世的兴趣，也同时引起了读者的兴趣。才思敏捷而又端庄文静的冷清秋，在她为逃避"我"的探究而逃走后，文丐又在她的宅里发现了已被烧残的诗集，上面有些残存的诗句，"……莫当真，浪花风絮总无因。灯前闲理如来忏，两字伤心……""想当年，一番一回肠断。只珠泪向人……"这些诗句吸引读者和"文丐"一样急迫地想知道冷清秋的身世和遭遇。而她离家出走后留给燕西的信，文笔才华让燕西的大哥赞赏不已，更让读者因怜才而动情。

《春明外史》中杨杏园与舒九成深夜联对，与李冬青诗文应答；《斯人记》中的梁寒山与金继渊吟诗联句，与张仙梅诗词应答，都充满着文人的雅趣。文中这些诗文描写，显示了作者的文笔才华，使崇尚士大夫情趣的读者产生了共鸣，尽情徜徉在风花雪月的美妙辞章中。这种闲逸俊雅的文人情趣，使他的小说超越了一般通俗小说的层次，深受广大知识分子的喜爱。

张恨水的小说虽然在某种程度上迎合了市民的好奇心理，却没有庸俗地停留在满足读者的好奇心上。他的小说俗中见雅，能透过形形色色的社会现象，揭露社会的弊端。

《啼笑因缘》中沈凤喜的原型来源于报纸登的一则新闻，作者借这条新闻写作成小说，揭露了军阀的蛮横和残暴。

《春明外史》则通过对种种人生形态的描绘，揭露了社会的腐败和弊端。

《纸醉金迷》深刻地揭露了国民党政府用卑劣的手段暴敛社会财富，造成国家混乱、民众疯狂的罪恶行径。

《五子登科》是针对社会广为流传的接收大员们"五子登科"（"五子"是指房子、车子、金子、女子、票子）的传闻而写的，借以揭露国民党统治的腐败。

《燕归来》《小西天》描写的大都是他西北之行的见闻。看到不毛之地还有征收烟酒分处，听到"民情似铁，官法如炉，天下没有榨不出油的豆子"的残忍说法，他才真正理解了乡下人"家徒四壁"的含义，理解了他们"涸泽而渔"的不得已。面对因贫穷而卖身为妾、卖身为妓的年轻姑娘，他有的是深深的理解与同情，是对她们命运的关注。

作为一个深受传统文化影响的正直的知识分子，张恨水不可能达到真正意义上的休闲，他始终忧患时世。知识分子的道德良心，使他的小说在通俗化的背后，有着对世俗人生的现实关怀和对个体生命的深刻体悟。这就使他的小说在供人娱乐、消遣的同时，还能品味出文化，感悟出人生。这种高雅化的通俗的艺术品貌，使他的小说高出于一般的通俗小说，也使张恨水成为红极一时、深受读者喜爱的通俗小说大家。

晚年张恨水

四

中西合璧是张恨水小说最可贵的探索。张恨水是"鸳鸯蝴蝶派"小说的杰出代表，但他对这种传统的小说模式做了重大的改革。他将原来分离的社会小说和言情小说合在一起，形成了以"社会为纬、言情为经"的社会言情小说模式，这是张恨水对中国市民小说做出的重大贡献。

在《春明外史》中，张恨水解决了怎样将章回体小说中散乱的材料集中起来的问题。他让所有的材料都服从于一个人的命运，用一个人作为小说的主人公从头到尾把故事情节贯穿起来。小说中应该有一个贯穿始终的人物，在现在的小说创作和阅读中已经成为常识，但是在张恨水这部小说之前的中国传统章回体小说中恰恰就没有。之前的章回体小说基本上是《官场现形记》《二十年目睹之怪现状》《儒林外史》的模式，它是一个故事接一个故事地讲述，人物只是某个故事中的人物，并不贯穿始终。

《春明外史》是民国以来第一部以一个人物的命运贯穿故事始终的章回体小说，张恨水也是现代章回体作家中第一个以一个人物贯串小说的作家。这个人物是杨杏园，是位皖籍新闻报人，住在安徽会馆，整日埋头写作。他要用一支笔养活家里八口人。从个性和品质上说，杨杏园为人正直，洁身自好，对社会邪恶势力非常不满，却无力抗争，只能腹诽心谤；他痛恨官场腐败，不愿意与堕落文人为伍，但有时又不得不与他们周旋，内心苦闷疲惫；他满腹辞章，孤芳自赏；他不甘与世俗合流，却又随遇而安；他多情善感，情场上却屡屡失意。一句话，这是一个洁身自好而又有才子气的文字苦力。他在北京5年，最后客死北京。小说中所有的事情都跟这个人有关系，这样，材料再多、再复杂都不会凌乱。有了这根主线，小说便有了一个完整的结构，他的命运起伏和发展就成为小说主要的情节结构：杨杏园来到北京就是小说结构的开端；他到北京看到各种各样的生活，这是小说结构的延伸；最后他死在北京，这是小说的结局。整部小说的结构相当完整。

在《金粉世家》中，张恨水大规模地运用外国小说创作手法，其中运用最多的手法是场面描写和心理描写。场面描写拓展的是小说的空间概念。中国传统的章回体小说的最大毛病就是叙述故事中的因果关系，它是一种线形的时间结构。

《金粉世家》注意到在同一时期、同一场合写不同人物的表现，这就是场面描写。小说中金燕西办了个诗社，还开了诗会。诗会中金燕西也写了诗，诗很臭，但所有的诗人都说这首诗最好，这个场面描写把每个人的形态、心态都写了出来。还有一个精彩的场面是金总理死后的葬礼。官场上的婚丧嫁娶往往是各种矛盾最激烈的时候，总理死了以后，虽然大树倒了，但是人家盘根错节的很多关系还在这儿，你怎么出面，送什么礼物，以及怎么讲话，都很重要。在这个场面上，张恨水将人情世故刻画得相当深刻。

在相当长的一段时期内，中国章回体小说没有心理描写。中国小说受话

电视剧《金粉世家》剧照

本的影响很大，人物心里想什么并不描述出来，而是通过写人物语言、表情、动作暗示出人物的心里所想。张恨水的《金粉世家》将人物的心理活动直接移植到小说中间来，人物性格的刻画深度明显地加强。比如，金燕西偷偷地去看冷清秋，看完以后心理活动的描述，就将一个单相思的男孩子的心态生动地表现出来。人们一般认为金燕西和冷清秋最后分手主要是家庭社会地位的差距太大，其实金燕西和冷清秋的分手还有一个非常重要的内在原因，就是金燕西的大男子主义思想。金燕西的这个思想正是通过他的心理活动描述表现出来的。小说中金燕西的大哥与大嫂、二哥与二嫂都常常吵架，在金燕西与冷清秋快结婚前，他们又吵起来了，这时金燕西有一段心理描写，为后来他们的分手打下了一个伏笔。冷清秋出身平民家庭，为了自尊，她又特别看重自我的位置，金燕西与冷清秋后来分手似乎很自然。这样，这部小说将曲折的故事情节和鲜明的人物形象结合了起来，并且以人物性格的刻画来展开人物命运的变化，推动故事情节的发展。心理描写开始出现以后，人物的神韵显然增加了，这也是张恨水对现代章回体小说的贡献。

参考文献：
孔庆东：《百年小说大师张恨水》，《百年潮》2007 年第 6 期。

十五、棘心不死绿天永存

——另类才女苏雪林

　　苏雪林（1897—1999），原名苏梅，字雪林，笔名有绿漪、灵芬、老梅、天婴等，原籍安徽太平县（今黄山市黄山区）岭下村。她一生从事教育事业，先后在沪江大学、安徽大学、武汉大学任教，后从教于台湾师范大学、成功大学。在近半个世纪的从教生涯中，她笔耕不辍，作品涵盖小说、散文、戏剧、文艺批评等领域，在中国古代文学和现当代文学研究中均取得令人瞩目的成就。

　　苏雪林出身清末的小官宦家庭，由于祖母受"女子无才便是德"的封建思想影响，幼时的苏雪林虽然有强烈的求知欲，但无法接受系统的教育，在她长期的抗争之下，才得以完成学业。苏雪林先后就读于安庆省立初级女子师范学校、北京女子高等师范学校，受五四运动的影响，开始成长为一名追求思想自由的新知识女性。在此期间，受时代思潮的推动，她开始进行文学创作，并开始尝试白话文的写作。

　　20世纪30年代初，苏雪林曾被阿英称为"女性作家中最优秀的散文作者"。她的散文除许多写景的即兴之作外，多为记人叙事抒怀的随笔小品，其文语言明快，文白夹杂而多见理趣，颇具学者散文风范。

　　1925年，苏雪林从法国学成归来，出版了散文集《绿天》（北新书局1928年出版）和自传体小说《棘心》（北新书局1929年出版），既成为苏雪林文艺创作的处女作，也成为她的成名之作。这两部书均以"绿漪"署名，甫一出版，就获得了文艺理论界的极大关注，也奠定了苏雪林的文坛地位。

苏雪林一生中有两个奇特之处：一是活得长，从 1897 年一直到 1999 年，真正的人中祥瑞、百岁老人；二是反鲁，素有"骂鲁第一人"之称，她自己曾说："'反鲁'几乎成了我半生的事业。"跨越了两个世纪的苏雪林享年 102 岁，笔耕 80 载，著述等身，洋洋大观，凡 2000 万言。然而，苏雪林早年因"反鲁"而众说纷纭，令人不解；1949 年赴台后，又与刘心皇、寒爵等人交恶，互扣"红帽子"，使人不齿。因此，虽然她留下众多浩如烟海的作品，但在很长一段时间内，她的创作活动都是一个被忽略、被遮蔽的存在，直到 20世纪 90 年代，对她的关注和研究才趋于正常。

一

1899 年，苏雪林出生于浙江省瑞安县县丞衙门里，祖籍为安徽省太平县岭下村。此间山水激荡，风景幽绝，亦刚亦柔，焕发了苏雪林的灵性，也催生了其散文兼备阳刚、阴柔两种美的特质。

幼时的苏雪林，被称为"野丫头"，她自小就对女红不感兴趣，喜欢和男孩子一起玩耍。7 岁时，在祖父的私塾里，跟读了一两年书，"些须认得几个字"，在辍学之后，如饥似渴地啃起了书本，如《西游记》《水浒传》《聊斋志异》，这些书给了苏雪林很好的文学启蒙。后来，叔叔和哥哥们从上海等新式学校回来后，带回了《史记》《汉书》及历代名家专集，苏雪林读得如痴如醉，甚至连当时流行的译作《天演论》《巴黎茶花女遗事》，都广有涉猎。她求知欲特别强，不仅跟在大哥后面学习绘画，还在阅读了半本《唐诗三百首》之后，开始了无师自通的旧体诗词写作。13 岁时写出《种花》七绝，令考她诗才的四叔惊叹，显示了惊人的文学天赋和文学直觉。

1915 年，苏雪林"费了无数的

少年苏雪林

眼泪、哭泣、哀怨、吵闹"，"甚至拼上一条小命"，以死相挟，才说服了祖母和乡里顽固的长辈，同意她报考安庆的省立初级女子师范学校。苏雪林以第一名的成绩入学，她成绩优异，能诗会画，以"才女苏小梅"闻名江城安庆。女师毕业后，遂留女师附小任教，此时与卢隐女士结识。不久，五四运动爆发，苏雪林以大病为由阻断祖母的逼婚，并和卢隐结伴北上，考入北京高等女子师范学校，师友中有胡适、李大钊、周作人、冯沅君、石评梅等。这时苏雪林的思想起了变化，自觉自己"变成一个新人了"。她开始用白话文写作，用灵芬女士、老梅、杜芳、杜若等笔名发表作品，但细心的读者总是能从字里行间判断出这是出自苏梅的手笔。当时在北京高等女子师范学校，苏雪林文名远播，和黄卢隐、冯沅君、陈俊英并称为"四大金刚"。

1921年，苏雪林生出闯荡之心，前往法国留学，就读于里昂海外中法学院，先后学习文学和绘画艺术。赴法3年，苏雪林水土不服，经常生病，在和未婚夫张宝龄的通信中，发觉双方性情不合，生出悔婚之心。无奈家信频繁催促，母亲苦苦哀求，苏雪林只好顺从母意，"认"了这门亲。她于1925年提前回国，与张宝龄在太平乡下完婚。1927年，苏雪林随丈夫回到上海，经人介绍在沪江大学教书，后又与丈夫一起赴东吴大学任教。

二

1928年，署名绿漪的散文集《绿天》出版；1929年，苏雪林又推出长篇自传体小说《棘心》。这两本书在当时都是畅销书，剖析了作家对于爱情、婚姻、事业的困惑和艰难选择的心路历程。苏雪林因此蜚声文坛，红极一时，与冰心、冯沅君、丁玲、凌叔华并称为新文学最受瞩目的5位女作家。

苏雪林的散文独具魅力，自成一家，尤以《绿天》最为知名，曾多次被选入中学课本，可以说《绿天》奠定了苏雪林作为现代文坛散文大家的地位。在结集出版的散文集《绿天》中，共收录6篇散文：《绿天》《鸽儿的通信》《小小银翅蝴蝶的故事》《我们的秋天》《收获》《小猫》。书中主要以女主人公婚后生活为主体，呈现了一个渗透童心的女性世界，文字细腻温柔又摇曳生姿，充满了人情的温暖和人性的芬芳。大千世界，花鸟虫鱼，莫不出现于苏雪林的笔下，构筑了一座爱与自然的童真乐园，如诗如画。笔调轻倩而率直，辞藻清新而瑰丽，想象恢宏而修邈，情感含蓄而真挚，她的作品是当时美文运动中无法忽视、屈指可数的美文。著名文艺评论家阿英评价说："苏绿漪是女性作家中最优秀的散文作者"，"她的作品里，对于自然描写最为出色，成就特别高"，给人以性灵的愉悦和美的享受。彼时苏雪林新婚，和丈夫张宝龄感情尚可，但后来作者也坦陈，"书中的情事，半真半假"，有一定虚构成分，但她那时的心境确实如斑斓少女一般，"我称之为'美丽的谎言'"。

《绿天》至精至美、炉火纯青的抒情艺术主要得益于她深厚的美学修养。苏雪林深受以屈赋为代表的古典浪漫主义文学传统影响，又是法国里昂艺术研究院的学子，工于绘画，常以画家的眼光观察自然，以文作画。再加上自幼生长于皖南的青山绿水间，苏雪林对自然有一种敏锐的感受力，非常善于以一颗天真的童心去体认世界，这就使得《绿天》集中的每一篇散文都贮满了诗意，洋溢着画趣。无论是草木山川，还是花鸟虫鱼，无不让人感受到大千世界的清芬可爱与勃勃生机；无论是散文《绿天》中"香雪菲菲，绿云堆里"的清幽世界，还是《岛居漫兴》中的"春风得意，芳堤走马"的豪情逸致，都实现了诗情与画意的完美交融，自然美与艺术美的绝妙契合。例如：

> 天空里闲荡的白云，结着伴儿常在树梢头游来游去，树儿伸出带瘿的突兀的瘦臂，向空奋挈，似乎想攫住它们，云儿却也真乖巧，只永远不即不离地在树顶上游行，不和它的指端相触，这样撩拨得树儿更加愤怒：臂伸得更长，好像要把青天抓破！（《绿天》）

> 春风带了新绿来，阳光又抱着树枝接吻，老树的心也温柔了。它抛开了那些讨厌的云儿，也来和自然嬉戏。你看，它有时童心发作，将清风招来密叶里，整天飘飘渺渺地奏出仙乐般声音。它又拼命使叶儿茂盛，苍翠的颜色，好像一层层的绿波……（《绿天》）

> 夕阳愈向下坠了，愈加鲜红了。……当将沉未沉之前，浅青色的雾，四面合来，近处的树，远处的平芜，模糊融成一片深绿，被胭脂似的斜阳一蒸，碧中泛金，青中晕紫，苍茫炫丽……（《我们的秋天·未完成的画》）

> 无数长短距离相等的白杨，似一枝枝朝天绿烛，插在淡青朝雾中，白杨外隐约看见一道细细的河流……天色蓝艳艳的似一片澄清的海水，近处黄的栗树红的枫，高高下下的苍松翠柏……（《收获》）

这些文句，看似信手拈来，但写得有色有调，有景有情，给人以清新的美感，流动着自然空灵的神韵。苏雪林用她那色泽鲜艳的文字调制出了多姿多彩的色彩世界，天空、太阳、云、树、水波都染上了浓淡相宜的颜色，读者通过视觉感受到绚丽变幻、蕴蓄诗意的画面，这在同时代的散文中是不多见的。

苏雪林又受明末公安派提倡的"不拘格套，独抒性灵"的晚明小品的影响。在清代作家中，她最喜欢提倡"性灵说"的袁枚。袁枚提倡诗文写个人的性情遭际与灵感："但肯寻诗就是诗，灵犀一点是吾师；夕阳芳草寻常物，解用都为绝妙词。"（《遣兴》）苏雪林正是将这种灵感注入万物生灵之躯，使万物皆具性灵之气，借万物之衰荣，传生命之律动，故其早期散文处处活跃着灵动之美。作家在对客观世界进行精妙描写的同时，以天真烂漫的童心去体验世界，赋予山川草木、花鸟虫鱼以人的性灵，从物化自然进入人化自然，完成了对大千世界中活跃生命的描摹与传达。

美文运动的倡导者周作人等人在师宗"性灵说"的同时，在审美态度上追求个人情趣，走冲淡平和一途，醉心于在"静美"中体现趣味。苏雪林笔下的灵动之美无疑构成了对上述风格的有益补充，为当时美文运动整体上偏于平易静美、冲淡朴讷的格调增添了若干流动明朗的旋律，丰富了"美文"创作的色彩感与表现力。这种独具一格的美学风格成为当时美文运动的重要收获，它奠定了苏雪林在这一新文体运动中的前驱者地位。

青年苏雪林

三

《棘心》是一部长篇自传体小说，是作家为她的母亲创作的。书前扉页插图下印着："我以我的血和泪，刻骨的疚心，永久的哀慕，写成这本书，纪念我最爱的母亲。"小说描摹的是一位受新思想沐浴的女性在法国的留学生活。

主人公杜醒秋初到法国，与一男子相慕，但内心虑及未婚夫，遂自我谴责，后在莱梦湖养病期间，结识了笃信宗教的白朗女士，受其影响便皈依宗教。母亲病重，杜醒秋回国与未婚夫完婚，婚后7个月母亲便去世了。《棘心》甫一问世，受到疯狂追捧，畅销大江南北，再版10余次。

主人公杜醒秋可以视为苏雪林女性意识的代言者。她出生于一个封建大家庭，只身在北京求学。尽管她眷恋母亲，但几经犹豫还是漂洋过海，赴法留学。虽然在国内经历了五四新思潮的洗礼，又来到崇尚自由的法国，但她的身心并未获得彻底解放。在那个热烈追求个性自由的时代，她却不能有所作为，原因是自小就订婚，没有另外和别人发生恋爱的可能。经过深思熟虑，清醒的理智压制了情感的冲动，她终于抵抗住了异性的热烈追求，赢得了一场"光荣的胜仗"，只可惜胜利的果实是未婚夫的冷漠。几经挫折，直到彻底绝望时她才提出解除婚约，却遭到家里的反对，甚至不惜以亲情做要挟，她最终不得不在母亲的病床前，成全了家庭的夙愿。在这种无爱的婚姻中，她又自筑起一个精神的围城，专注于学问。在她看来，除了学问，什么都不在心上。她甚至曾皈依基督教来逃避婚姻之痛，真可谓失之于生活，得之于幻想。主人公虽然承受着传统的重负，时代的曙光也不能照亮她情感的天地，但无论如何，这种情感的挣扎本身就昭示着一种女性意识的觉醒，光明虽在天国，但毕竟有所隐现。

在中国2000多年的封建伦理道德传统中，女性所受束缚最深，受害最严重，女性解放也因此成为五四新文化运动中人的解放的重要议题。这个时代的女作家大多是从自身体验出发，书写出身封建旧家庭、又沐浴新思潮洗礼的青年知识女性在社会变革的新时代所面临的现实困境及艰难抉择，苏雪林就是其中最有代表性的一位。《棘心》以浓重的抒情色彩，再现了五四后一部分小资产阶级知识分子在社会转型时期独特的精神面貌，揭示了五四知识女性在面临人生抉择时的歧路艰辛，作为一个时代的记录，弥足珍贵。这其中有顽固家庭的崩溃，有农村民不聊生的惨剧，有少年的爱国悲愤，也有青年男女在追求爱情中的苦闷彷徨。

苏雪林在"自序"中对《棘心》如此交代："本书的主旨在介绍一个生当中国政局蜕变时代，饱受五四思潮影响，以后毕竟皈依了天主教的女性知识青年，借她故事的进展，反映出那个时代的家庭、社会、国家及国际各方面动荡变化的情形，也反映出那个时代知识分子的烦恼、苦闷、企求、愿望的状况；更反映出那个时代知识分子对于恋爱问题的处理，立身处世行藏的标准，救国家救世界途径的选择……"作为一个自传体小说，《棘心》真实地描写了作者婚前留学法国期间的心路历程、精神天地，整个故事贯穿着一条爱的主线，这里有对于母亲的爱，对于异性的爱，对于祖国的爱。小说以女主人公杜醒秋的个人经历为经，以五四时代画面为纬，展开了一个宏大的叙事空间。小说具有强烈的自传色彩，在那个"人的解放"的时代语境中，这种独特的打开个体生存空间的结构方式，无疑凸显了苏雪林作为"这一个"的女性意识。

对于《棘心》的主题，苏雪林进一步阐释说："真正的主题，杜醒秋的故事尚居其次，首要的实为一位贤孝妇女典型的介绍，这位妇女便是醒秋的母亲杜老夫人。她是一个十九世纪后半期的中国妇女，一个大家庭制度和旧礼教的牺牲者。"（《棘心·自序》）今天看来，超越作者原意的阐释是，作品真正的现实意义是再现了有着传统重负而又沐浴五四新思潮的青年知识女性如何应对事业、爱情、婚姻这一人生"围城"。五四新思潮冲垮了封闭的闸门，使她站到了时代的前列，而传统的桎梏又使她的步履犹疑而沉重。

现实中的苏雪林婚后不几年，与张宝龄感情恶化，婚姻以悲剧结束。

武汉大学珞珈山

1931 年，她受聘于安徽大学，教授文化史。同年，又辗转至武汉大学担任教职，主要讲授中国文学史，直至 1949 年。苏雪林在武大珞珈山畔的湖光山色里，生活了 18 年。幽雅、恬静的生活环境和安宁的独居生活使她获得了精神的动力。她刻苦勤奋，焚膏继晷，努力著书立说，终成海内外知名的大学者。在武大执教期间，和凌叔华、袁昌英一起有"珞珈三剑客"的称号。

四

抗日战争爆发后，苏雪林积极地投身于抗战事业。她撰写了传记文学《南明忠烈传》（1941），描写了王翊、张煌言、郑成功、李定国等几百个抗清复明的志士仁人，宣扬这些抗战将士坚决抵御外侮、誓死捍卫祖国的决战精神。《南明忠烈传》表现了苏雪林学者作家的特征和品格，表现出了深邃的历史感和强烈的现实精神。苏雪林在本书"自序"中写道："百年以来，中国从落伍的农业社会，与西洋新兴的工业主义国家相交绥，动辄挫败，于是由轻外转为媚外，由自尊变为自卑，觉得人家都好，自己一切都要不得。再者，那些蓄意灭亡我们的野心国家，于数十年前，即极力掘发中国各种劣点，加以渲染与扩大，向其本国及世界拼命宣传，使全世界的人都觉得中国这民族已失去了独立生存的资格，只配做别人的奴隶牛马……现代一些不学无术的人，没有读过中国史书，没有研究过中国学术，也没有认识中华民族这位老英雄五千年可歌可泣奋斗史的伟大与光荣，只一味摭拾别人的皮毛，以毫无根蒂的'封建'两字，轻轻抹煞中国固有的一切，使青年人憎恶自己的祖先，渺视过去的史实，轻蔑传统的文化……"从中可以看出，《南明忠烈传》对于"新文化运动"批判的所谓国民"劣根性"主题来说，是反其道而行之，发掘民族性格的"优根性"，用这种使中华民族屹立几千年的精神传统，激励国人，抵抗日寇。

1941 年，苏雪林将自己抗战以来所写的直接描写抗战、怒斥日寇的文章，结集为《屠龙集》出版。苏雪林在"自序"中写道："我坚决地相信，中华民族绝对不会灭亡，侵略者的失败，也是命运注定的。"苏雪林的抗战作品，一扫滋生于半殖民地中国的民族虚无主义，以强烈的爱国主义精神投入抗战时期的"民族主义文学"之中，并以自己独特的声音成为抗战文学的杰出代表。尤为可贵的是，苏雪林并不停留于笔头上，她目睹八一三淞沪之战中爱国军民同仇敌忾、浴血奋战的悲壮场面后，断然为国毁家，将自己 10 多年省吃俭用的教书薪俸与稿费买了 50 两黄金，全部捐献给祖国的抗战大业，令人景仰，同样也饱受揣度和非议。

除了传记文学《南明忠烈传》、战时随感录《屠龙集》，她还出过两本小说集：历史小说《蝉蜕集》（后改名《秀峰夜话》）、神话小说集《天马集》，另有散文集如《文坛忆旧》《眼泪中的海》，自传《我的生活》《浮生九四——雪林回忆录》，游记《欧游览胜》《三大圣地的巡礼》等。还出版戏剧集《鸠那罗的眼睛》，收《鸠那罗的眼睛》《玫瑰与春》两种。出版古体诗集《灯前诗草》。

综合言之，苏雪林的文学成就主要体现在早年，体现在《绿天》《棘心》上。以后，她的主要心力用于学术研究，被称作学术界的福尔摩斯。苏雪林自青年时代起就对学术研究产生了极为浓厚的兴趣，个人婚姻生活的极大不幸成就了学者苏雪林，使她安于坐冷板凳，并视枯燥乏味的学术研究为"心灵的探险"，"我觉得学术发现，给我趣味之浓厚……使我忘记了疲劳、疾病，使我无视于困厄的环境，鼓舞着我一直追求下去，其乐真所谓南面王不

老年苏雪林（左）

易"（苏雪林《关于我写作和研究的经验》）。她的第一本学术著作《李义山恋爱事迹考》是 1927 年出版的，那时她刚满 30 岁，在苏州东吴大学任教。这本研究唐代著名诗人李商隐的专著，自出版至今已过去 90 年，一直受到学林重视，书中许多观点仍频频被中外学人引述。

参考文献：

1. 户松芳：《苏雪林：女性意识的觉醒与坚守》，《江汉大学学报》（人文科学版）2004 年第 2 期。

2. 丁增武：《苏雪林早期散文对美文运动的贡献》，《合肥学院学报》2008 年第 3 期。

十六、大地之子燃灯人

——论台静农

台静农（1903—1990），字伯简，笔名有青曲、孔嘉等，安徽霍邱人。"未名社"重要成员，与鲁迅关系密切，友谊深厚。早年曾先后在辅仁大学、齐鲁大学、山东大学、厦门大学等校任教。抗日战争开始，赴四川在白沙女子师范学院任中文系主任。抗日战争胜利后，应当时台湾省编译馆馆长许寿裳的邀请到该馆任职，后又随许寿裳转至台湾大学中文系任教。主要文学作品有《龙坡杂文》《台静农散文选》《静农论文集》《台静农散文集》《台静农短篇小说集》等。

台静农

一

台静农早年以乡土小说闻名于世，晚年又以散文随笔集《龙坡杂文》享誉宝岛。台静农的散文取材广泛，看似随手拈来，却又斟酌有度，叙述有致，满怀真情实意。大陆出版的《台静农散文选》编者陈子善评论说："台老笔下，无论怀旧忆往，还是论文谈艺，无不直抒胸臆，娓娓而谈，字里行间学问和性情交相辉映，历史沧桑的老一代知识分子的耿直狷介和深厚博大的人文关怀尽在其中，而抚今追昔的感慨和对真善美的向往更是令人心折。真所谓'思极深而不晦，情至哀而不伤'，所记文人学者事，皆关时代运会。"（《台静农散文选·编后记》）

《龙坡杂文》是台静农的第一本散文集，内收35篇文章，外加著者的一篇"序"，都是去台后陆续发表的文字。其中收录最多的是序跋，其次是怀旧文章，内容广泛，宗旨虽不离学术与艺术，但笔向所指均是社会与人生。

关于"人生"，在这本散文集中，台静农想告诉人们："人生实难"，但他同时告诉人们"死亦非易"。他以乔大壮（波外翁）为例，敏锐而深刻地分析了他曾长期徘徊于生、死之间，最后选择了死亡："……生命于他成了不胜负荷的包袱，而死的念头时时刻刻侵袭他，可是死又不是轻而易举的事，这更使他痛苦……"（《记波外翁》）要缓解生死之间的矛盾与焦灼、减轻人生的负累和苦痛，最好的方法可能是将艺术人生化、将人生艺术化。"……当今之世，人要活下去，也是不容易的，能有点文学艺术的修养，才能活得从容些"（《记"文物维护会"与"圆坛印社"》）。应该说，这是台静农的经验之谈，他的一生，就是这"两化"的水乳交融。

"怀旧忆往"是其中一个主要内容，这类回忆性的散文小品，作家以"情"为串联红线，其中有怀旧之情、伤逝之情、思乡之情等。"情"是把握这类散文意蕴的钥匙，是解读台静农内在思想的突破口。

《辅仁旧事》《记"文物维护会"与"圆台印社"》《有关西山逸士二三事》等篇，以平淡之笔，叙述了他对当年生活工作过的地方的美好回忆，与同事和谐共处的快乐，由讲师升迁为副教授兼校长秘书的欢欣，与半农等维护文物的壮举……这些叙述，都以事抒情，以事托情，在怀旧中得到情感的满足和思念的慰藉。

《龙坡杂文》中悼友伤逝之情更是感人至深。这些对故旧友人追忆的散文，既回忆了友人健在时洒脱的音容笑貌，更哀伤友人仙去的隐痛。在哀悼旧朋老友的散文小品里，台静农一方面伤感生命光华流逝的无情与无奈，低吟一曲曲哀伤流连之歌，同时更懊恼一个个健康生命个体非自然的毁灭与停顿，透露出对阴沉暗淡政治环境的不满与反抗。

《记波外翁》记叙了台大中文系主任乔大壮在苏州桥下自沉的悲剧，剖析了他自沉的原因："从他片断的谈话中，我所了解的，一个旧时代的文人，饱受人生现实的折磨，希望破灭了，结果所有的，只是孤寂、愤世、自毁。"这里"现实的折磨"虽未明述，但已让人感受到了时代氛围的紧迫与严逼。死，是一个正直的知识分子坚守人生正义、消极反抗的必由之路。

在《龙坡杂文》怀旧忆往的散文小品中，除了怀旧之情、伤逝之情外，还蕴含着一种浓郁的思乡之情。台静农 1946 年渡海来台，停顿于台大的"歇脚庵"，本来是"没有久居之意"，却一住就是 40 多年。然而"无根的异乡人，都忘不了自家的泥土"。一个离开家乡的老人，多少次伫立篱笆栅栏前，在日落黄昏中凝神而望，又多少次独坐，端杯浇愁，滋润着那理不清的思乡情绪。

《谈酒》是这类散文最具代表性的一篇。在那难以言说的环境里，台静农以含蓄的形式，甚至以沉默的方式寄托一种怀乡的情愫，而在这怀乡情愫里分明纠结着淡淡的失望与忧伤、无奈与梦幻。

《龙坡杂文》中论文说艺的散文也很有特点，"在本质上富有读书笔记或笔记小说的趣味，而其叙述铺露的方式，却有学术性考证的功夫，更有严正的议论与品评。"（张淑香《鳞爪见风雅》）如果说怀旧忆往类的散文侧重于抒情与写人方面，放歌一种质朴和谐的友情与乡情的话，那么，这类论文说艺的散文，则侧重在学术性考辨、独到观点的创见上，行文夹叙夹议，严谨而又平实。台静农在写这类散文时，视野开阔，论题广泛，表现了丰富的知识性。其中既有对历史名画名图的解读，也有对文学作家作品的论述；既有对历史材料真伪的辨证，也有对古本拓片的描摹；有好几篇甚至综合着绘画、碑拓、历史与文学知识，将各种知识熔于一炉，引经据典，左右逢源，四通八达，纵横捭阖，形成论述上的奇观。台静农的这类散文往往从零星细小之处起笔，逐步演化深入，从而表现深刻的内容与严肃的主题，一幅《夜宴图》的连环画，一张宋人的《炼雪图》，一片拓本造像的题记，或一些零星的文字记载，都能成为作者铺陈文章的起点，成为文章内容演化的前奏，作者沿此起点生发下去，往往曲折有趣地牵拖出一些隐藏于背后的惊人故事与历史真相。

二

台静农也是 20 世纪 20 年代重要的乡土小说作家，他的创作在当时乃至整个 20 世纪都有重要影响。鲁迅在 1935 年编选的《中国新文学大系·小说二集》中收录作品达 4 篇的作家只有 3 个人，除鲁迅、陈炜谟外，就是台静农了，可见其作品在当时颇有影响，并深为鲁迅赏识。

1928 年出版的小说集《地之子》中一共有 14 篇小说。《地之子》深刻地表现出了农民与土地的血肉关系，在生于斯死于斯的土地上，中华儿女们世世代代劳苦耕作，顽强的生存意志造就了他们坚韧、沉默、质朴的性格，但同时也带来了封闭、麻木、懦弱的负面效应。正如鲁迅建构了一个"未庄世界"一样，台静农艺术地创造了一个"羊镇世界"，在这个带有皖西乡村特色的世界里，洋溢着浓郁的乡土气息，活跃着各色土著人物，其中有小贩、地主、伙计、说书人、大兵、妓女、小偷、更夫、流浪汉等等，并且作者极为传神地描绘了诸如殡丧、嫁娶、调笑、斗架等颇具地方特色的世态百相，展现了一幅 20 世纪 20 年代皖西农村的历史画卷。

台静农建构"羊镇世界"的过程中，始终秉承着鲁迅所开创的现实主义传统，为我们描绘了这个世界中乡民们真实的生存状态：适逢荒年不得已的流浪逃荒生活（《为彼企求》）；被人霸占妻室忍辱负重的痛苦心境（《负伤者》）；更有那儿子被杀，女儿被大兵奸杀，母亲在儿女们被杀后精神错乱，在街头撕心裂肺地哭喊（《新坟》）；为生活所迫，不得已出卖了自己妻儿的痛苦（《蚯蚓们》）；得银娘痛失独子的伤心与孤独（《红灯》）……这一幕幕、一幅幅农村社会的悲惨图景，让人触目惊心，是 20 世纪 20 年代中国农村生活的一个缩影，是被压迫被剥削民众人生的真实展示。难怪鲁迅这样赞许台静农："在争写着恋爱的悲欢、都会的明暗的那时候，能将乡间的死生，泥土的气息，移在纸上的，也没有更多、更勤于这作者的了。"（《中国新文学大系·小说二集·导言》）

正如作者说他是在"用心血细细地写了"，因此无法给"同时代的少男少女以伟大的欢欣"（《地之子·后记》），有的只是阴冷和残酷，这种笔触是与他对乡土现实原生态的再现分不开的。同时，由于他接受了五四时期科学与民主的理性观念，他对乡土中国的批判又不仅仅停留在简单的感性层面，而是在理性的烛照下更深层地解读乡土世界，这种意识上的深化使他对封闭乡村的落后、愚昧、迷信、沉滞、冷酷的劣根性体会更深，并在作品中将外在的社会批判引向内在的精神批判，这种指向恰好应和了鲁迅所提倡的"改造国民性"的启蒙精神。所以，作家笔下的"羊镇世界"，既是一种历史的残酷，也是一种历史的真实。

《负伤者》中吴大郎的妻子被张二爷霸占，当他目睹张二爷与妻子调情时，却始终不敢有丝毫反抗；《天二哥》中处于社会底层的天二哥虽也挨过县官的板子，但他却在欺负比他还要弱小的小柿子的过程中获得了满足和光荣；《烛焰》中翠儿的父母明知将女儿嫁给吴家大少爷凶多吉少，但还是在"女儿毕竟是人家的人"的观念下将女儿推进了火坑。此外，《地之子》中还描写了大量的看客形象，这些庸俗、无聊、麻木的人们形成了一股强大的社会力量，进一步将悲剧人物推向了毁灭的深渊。刘以鬯在论及台静农的小说时说："20年代，中国小说家能够将旧社会的病态这样深刻地描绘出来，鲁迅以外，台静农是最成功的一位。"（《短绠集》）

描写的客观性，是台静农小说现实主义手法的又一特点。台静农的小说尤其是《地之子》中的小说，力求避开作者主观的唠唠叨叨的议论评说，而是让小说中的人物自己言语行动，通过细节描写、白描等具体手法的运用，让作品的思想主题"自然而然"地流露出来。

《新坟》中对四太太的描写是这方面的代表："从西巷口传出一种破竹般的女人的声音"之后，她出现在我的面前，"手拿着一个细竹竿；穿了一件蓝布裳，满身是泥土和鼻涕，头发如银丝般的蓬乱在头上；满脸都是皱纹。她大声的叫喊着，嘴边流出白沫"。作者首先抓住四太太的外貌特征进行刻画，描摹出疯老太太的形态。秋节过后，"四太太可是较以前更寒瑟了，她几乎成天都在她儿子浮厝边守着……她那颓丧的神情，与无力眼色的惨光……"描写更进了一步，抓住她的精神特征，透露出了失去儿女、失去财产、失去所有一切之后的疯人的精神特征。这些细节描写线条简洁清晰，有黑白木画般的效果，生动凝练，意蕴含蓄丰富，"造成比较深沉的意境"，而这是"真正学到了鲁迅小说的长处"（严家炎《中国现代小说流派史》）。

在现代小说的初创阶段，台静农的《地之子》在艺术尝试中就取得了很大的成就。他的创作借鉴鲁迅小说的艺术手法，同时又在实践中不断创新，不仅丰富了现代创作技巧，在现代小说尤其是乡土小说走向成熟的道路上，台静农所做的贡献是不容抹杀的。

热衷于民俗描写是20世纪20年代乡土作家们创作的一个共同特征，正是由于他们对各自家乡民俗的关注，才为他们建构不同的乡土世界提供了前提条件，如许杰的"松村文化"、蹇先艾的"桐村文明"、王鲁彦的"陈四桥道德"和废名的"黄梅故乡世界"等等。从小在乡间集镇长大的台静农，其小说自然也具有浓郁的民俗色彩。《地之子》中的风俗描写很多，而且很生动。像《弃婴》中河口等渡的一幕，《红灯》中井台打水的画面，《负伤者》与《新坟》开头对六月的乡间集镇午后街市的描写，都像展开了一幅地方色彩浓郁的风俗画卷，使人颇感新颖亲切，恍若身临其境。此外像"冲喜"（《烛焰》）、"卖妻"（《蚯蚓们》）、"转房"（《拜堂》）、"放河灯祭奠亡人"（《红灯》）等风俗更为读者打开了一个新奇的世界。但是，《地之子》中的作品并没有停留在对民俗表象的描绘上，透过这些民俗，作家让我们看到了丰厚的历史内容及深刻的文化内涵。

《红灯》讲述了七月十五放河灯祭奠亡人的习俗，但在这习俗的背后却隐藏着一位母亲的悲苦，得银娘在儿子被官府杀害后，连用纸糊一件长衫以满足儿子生前愿望的钱也没有，只能用一小块红纸扎一个小红灯来告慰儿子的亡灵，展示了黑暗社会给人民带来的疾苦。

《烛焰》中翠儿成了"冲喜"风俗的牺牲品，结婚三四天便成新寡，反映了封建礼俗对妇女的戕害。

《蚯蚓们》则更是控诉了卖妻的丑恶习俗，描写了人民的血泪生活，批判的矛头直指当时的黑暗现实。

这些风俗描写中已经熔铸进了作者的现代人道和启蒙观念，正是在这些现代思想的烛照下，古老的风俗习惯在现实情境中获得了新的意义，成了作者审视古老皖西乡村社会历史的一个窗口，透过这个窗口，读者获得了一种对人生与命运的历史观照。作家笔下的皖西世界，是乡土文学题材中的"这一个"，有着不可替代的审美认识价值。鲁迅在《中国新文学大系·小说二集》中以台静农作品收尾，标志着第一个 10 年乡土文学的创作在时间段上的结束。因此，从乡土文学思潮由 20 年代向 30 年代过渡的衔接性和承续性来看，台静农无疑有他特别的意义。

三

随着时间的推移，时代形势的变迁，台静农后期的小说创作也发生了重要变化。无论是题材的选择、人物形象的塑造，还是主题意蕴的开拓，都表现出了与前期创作较大的不同。这一时期的文学代表作是小说集《建塔者》。

台静农书作

在《建塔者》中，作者侧重于青年知识分子革命形象的塑造，以悲怆而又细腻的笔触，演绎了一个个自觉抗争的英雄故事，描绘了一个个不屈奋斗者的面影，唱出了时代的最强音，表现了对于"时代之光"——"伟大的死者"的礼赞，给人以震撼心灵的精神力量。从文学思潮发展来说，台静农的《建塔者》是早期革命文学的一部分，属于早期普罗文学的范畴。它具有革命文学的一些特点，比如描写革命者的英勇抗争形象，描绘黑暗势力的残酷镇压的气氛，勾勒未来社会革命的前景，等等。然而，台静农的革命小说又大不同于早期的革命文学这一流派，表现出了自己独特的艺术风格。

首先，他突破了那种"革命+恋爱"的简单化的写作模式。在早期的革命文学中，一开始就呈现出这样一种题材模式：革命与恋爱发生冲突，最终革命战胜了恋爱，男女青年双双奔赴革命。胡也频就是这方面创作的代表，而在台静农的笔下，却省略了这些恋爱的纠缠，直接落笔于人物单纯的关系状态，重在表现人物的言行和人物内心情感的开掘，凸现人物革命的坚定性与英勇精神。

其次，台静农的革命小说具有一种崇高的悲剧精神。早期普罗小说，往往以主人公最终觉悟投身革命或者取得成功与胜利为结局，有着廉价的乐观

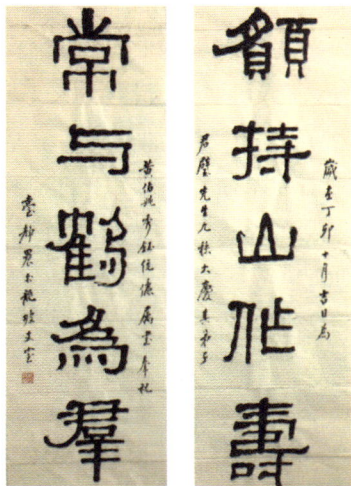

主义倾向。而在台静农的笔下，他往往将革命抗争者放在强大的黑暗势力背景下来描写，坟场、监狱、鲜血，这是他小说中反复出现的场景，而主人公也往往以奔赴刑场为最终结局。这些"以精诚以赤血供奉于唯一的信仰"的"时代先知们"的沉痛死亡，显示出文化批判性与文学革命性的结合，是"人生有价值的东西被撕破"的悲剧。虽是悲剧，但不悲惨，而是很悲壮，因为他们以反抗黑暗的无畏精神谱写了历史发展的波澜与曲折，给人更多的是思考与激励。

参考文献：

1. 翟永明：《升腾在乡村大地的精魂———台静农小说集〈地之子〉综论》，《河北师范大学学报》（哲学社会科学版）2004 年第 3 期。

2. 施军：《论台静农的小说创作道路》，《淮阴师范学院学报》（哲学社会科学版）2002 年第 4 期。

十七、乡土文学写茂林

——论吴组缃

　　吴组缃（1908—1994），原名吴祖襄，字仲华，泾县茂林人。1921 年起，先后在宣城省立八中、芜湖省立五中和上海求学。在芜湖省立五中念书时，曾编辑学生会创办的文艺周刊《赭山》，并开始在《皖江日报》副刊发表诗文。1923 年，在上海《民国日报》副刊《觉悟》上发表的短篇小说《不幸的小草》；1925 年 3 月，在《妇女》杂志上刊出的短篇小说《鸢飞鱼跃》，都具有鲜明的反封建色彩。1927 年结婚后，回茂林当小学教员。

　　1929 年秋，吴组缃进入清华大学经济系，一年后转入中文系，他曾与林庚、李长之、季羡林并称"清华四剑客"。在清华大学时期，是吴组缃文学创作的高峰阶段，1932 年创作小说《官官的补品》，获得成功。1934 年，创作《一千八百担》，作品结集为《西柳集》《饭余集》。1935 年中断学习，应聘担任了冯玉祥的家庭教师及秘书。1936 年，与欧阳山、张天翼等"左翼"作家创办《小说家》杂志。1938 年，作为全国文艺界抗敌协会发起人之一，与老舍共同起草《中华全国文艺界抗敌协会宣言》，任协会常任理事。1943 年 3 月，出版其唯一的一部长篇小说《鸭嘴涝》（又名《山洪》），描写抗日战争中农民民族意识觉醒的曲折历程，塑造出章三官这个质朴善良、坚韧勇敢的农民形象，是抗战文艺园地中的一朵奇葩。

　　1946—1947 年，吴组缃随冯玉祥访美，此后任金陵女子文理学院教授、清华大学教授和中文系主任。1952 年，任北京大学教授，潜心于古典文学尤其是明清小说的研究，并历任中国文联与中国作协理事，《红楼梦》研究会会长。

北京大学未名湖

一

1932—1934 年，吴组缃创作的小说《官官的补品》《篁竹山房》《卍字金银花》《一千八百担》《天下太平》《樊家铺》等，以皖南农村现实生活中经济与制度的衰落为题材，因鲜明的写实主义风格而享誉文坛。尤其是小说《一千八百担》，借宋氏家族的一次宗族集会，形象地再现了 20 世纪 30 年代中国农村社会经济制度的衰落。

吴组缃的创作朴素细致，结构严谨，擅长描摹人物的语言和心态，有浓厚的地方特色，堪称写皖南农村风俗场景第一人。他的短篇小说，在文坛上产生了重要影响。这些作品反映泾县茂林一带农村经济破产、民不聊生的现实，对黑暗势力进行了无情的鞭挞，对底层人民寄予无限的同情。他的作品不仅在语言、对话中采用了许多当地的方言，而且他描写的对象也能在茂林一带找到原型。他熟知当地人的喜怒哀乐，因而写得十分传神，可以说是典型的"乡土文学"。他对茂林一带的方言有种"偏爱"，这是一种文化层次较高、含义深刻、比喻生动而又大众化和通俗型的语言。

1941 年"皖南事变"发生之后，他的长篇小说《鸭嘴涝》（上编）开始在《抗战文艺》第 7 卷上连载，后改名《山洪》于 1946 年再版。这部小说反映了新四军在皖南抗战的故事，可以用"茂林话"来通篇阅读，其中描写的人物、掌故、生活场景和儿歌，都是当地人所熟知的，读起来倍感亲切。更重要的是，这篇小说是最早出现的描写江南农民在新四军的发动和组织下奋起抗战的作品，成了对国民党顽固派滔天罪行最及时的抗议，在现代抗战题材的长篇小说中，有着不可替代的位置。

吴组缃在构思这部长篇时，既没有全景式地正面反映抗战，也没有局部地去写某一次战役。吴组缃依然想到了他的家乡——皖南农村。他与家乡有着割舍不断的情思，他熟悉那块土地上的人，熟悉他们每天做的事，所以即使是抗战作品，也要写家乡的抗战。《山洪》尽管是抗战题材，但是仍然保留着他短篇小说的某些艺术特色。小说洋溢着浓郁的乡土气息，写乡村子民如何种田、如何打猎、如何养蚕、如何捕鱼；写鸭嘴涝的乡风民俗和人情往来。他们的外貌穿着、言谈举止、心理活动，无不浸透着皖南农村的地方风情。但是在这种乡野风情中，吴组缃别出心裁地描写了一群老实巴交的"泥腿子"农民，在抗战大背景下，如何一步步觉醒，一步步成长，如何逐步克服自己身上固有的自私、保守、畏惧的心理，最终激发出高昂的爱国热情，义无反顾地投身到全民抗战的洪流中去。这是一段自省式的、漫长的、艰难的思想转变过程，作家写出了这种灵魂蜕变的辩证法。

在中国现代文学史上，从五四时期的"问题小说"发展到 20 世纪 20 年代中期的"乡土文学"，形成了现代小说创作的现实主义潮流。进入 30 年代，"革命文学"创作在自身的发展中，克服了早期"唯物辩证法的创作方法"的缺点后，大批的"左翼"作家超越了"为人生"的创作格局，将马克思主义的社会历史观与现实主义艺术方法相结合，在历史大变动的背景下，坚持不隐瞒、不粉饰、直面人生的严峻态度，从整体上去把握和再现中国社会，在展示现实社会的真实图景中剖析中国社会，形成了现实主义文学的一个重要流派——社会剖析派，从而开拓了革命现实主义的广阔道路。吴组缃是其中一位做出卓越贡献的"左翼"作家，也是继鲁迅、王鲁彦、许钦文等第一代乡土作家之后的第二代乡土作家中的杰出代表。他的作品数量不多，《西柳

集》和《饭余集》就几乎包括了他小说作
品的全部，但就在这10多篇小说中，作家
向我们展示了一个广阔的现实世界和五彩
缤纷的艺术天地。

二

如果说第一代乡土小说家更多的是表
现乡村的落后与农民的善良而愚昧，那
么，第二代乡土小说家则着意于描写农村
社会的动荡与不安。在帝国主义无孔不入
的经济侵略和军阀、官僚的重重压榨之
下，中国农村经济迅速破产，"谷贱伤农"
几成普遍现象，终年的辛勤劳碌竟养活不
了一家老小，农民被逼得没有了活路。

吴组缃

与此同时，一些靠农民支撑的乡镇商铺也纷纷倒闭，一些店员、学徒工
等变成了失业者，沦落为社会底层。另一方面，中国共产党领导的革命事业
已变成燎原大火，共产党人与先进的社会、经济学者对中国农村的历史和现
状也做出了十分精当的分析。在这样的历史背景下，第二代乡土小说家对中
国农村的认识和把握也大大前进了一步。茅盾和叶圣陶都不是乡土小说家，
但他们的《春蚕》《多收了三五斗》等作品，却成了第二代乡土小说家的开
路先锋，第二代乡土小说正是对它们的发扬光大。而在20世纪30年代成绩
最显著、最突出的正是吴组缃。他的小说真切地反映了皖南乡村现实，多以
批判的眼光审视故乡的世俗风情，对于造成乡村衰败、经济萧条和风俗变坏
的腐朽势力进行了无情的揭露和鞭笞。

吴组缃也算是现代文学史上一位以质，而不是以量取胜的作家。钱理群
曾对其做出高度评价，称之为"第一流小说作家"，将他的小说归入"时代小
说"一类，认为吴组缃和同时代的作家一起，创造了一种新的小说范式——
社会剖析小说。吴组缃以早熟的才气创作农村题材的小说，解剖社会人生刻
骨见血，态度严谨。茅盾赞之为文学"生力军"，并预言他"是一位前途无限

的大作家"。他的"时代小说",以忠实严肃的创作态度,对中国农村社会的动乱和农民的贫困做出了深刻的剖析,具有鲜明的时代色彩和强烈的现实主义特征。

曾有论者将吴组缃与鲁迅做比较,认为二者的创作在对于生活、人生、人性的开拓和艺术形式的表现上,非常接近。学者袁良骏认为,从创作态度、艺术风格上看,二人是很有一些相似之处的。"在对破产农村入微的观察、在对贫苦农民的深厚的同情、在平淡中见热烈的'白描'手法、在人物刻画的典型化程度、在艺术描写的精雕细刻等诸多方面,我们都不难发现二者的共同点。"(严家炎《中国现代小说流派史》)

鲁迅对吴组缃的影响巨大,他通读并精读鲁迅的所有作品,由文及人,将鲁迅视为其成长道路上的指路明灯。吴组缃现存的散文中有3篇是写鲁迅的,分别是《闻鲁迅先生死耗》《副官及其他》《感激和怀念》等,写出了自己对鲁迅的景仰之情,深刻剖析了鲁迅精神,表达了对鲁迅的深深怀念和理解。细读吴组缃小说,能看出其对鲁迅小说精神的血脉继承。而这些继承,在吴组缃的农村破产题材小说中得到了充分的体现,并且做出了与新的历史条件和作家创作个性相联系的创造生发。

三

收入《西柳集》的《小花的生日》《官官的补品》《黄昏》《一千八百担》《天下太平》,收入《饭余集》的《樊家铺》《村居记事二则》《女人》,以及收入合集《十年》的《某日》等作品,将作家家乡皖南农村破产,民生凋敝的社会现实做了生动而入木三分的刻画。作家笔下的落魄农民、失业店员乃至农村破产中的地主老财形象,皆塑造得栩栩如生,其中《官官的补品》《天下太平》《樊家铺》《一千八百担》《箓竹山房》《卍字金银花》等,堪称佳作。

《官官的补品》讲述的是地主阶级对佃农残酷压迫剥削,乃至任意砍他们的头的故事。小说揭露了当时破败农村的黑暗现实:全文以第一人称叙事,地主家少爷官官,在上海与舞女开车兜风,出车祸受伤,用钱买了佃农陈小秃子的三夸脱鲜血,挽救了生命。而回到家乡,又喝陈小秃子女人的奶水来补养身子。农民用自己的乳汁甚至鲜血供养着剥削者，最后被榨干血汗，甚至断送生命。在这里，无田无地的农民的生活状况已经恶化到了极限，为了生存，女人去卖奶水，男人去卖血，而他们的脑袋也不过是有钱有权者手中的蚂蚁，随时会被捏碎。吴组缃在这篇小说中，以近乎"白描"的手法，又暗含讽刺，揭穿人物的真面目，在不动声色的叙事中隐藏着作者的理性思考，道出了剥削阶级"吃人"的本质。小说朴素无华，但却活化了农村破产的现实，交织着广大破产农民的血和泪。

《天下太平》的主人公王小福是位店员，本有一个小康之家，是农村中上层的穿长衫者。但是商店倒闭了，王小福失业了，他被重新摔到了农村社会的底层。王小福无以养家活口，沦为小偷，被打得皮开肉绽，之后还只能再去偷，而且偷的是村中神庙上那个保佑着全村"天下太平"的"珠砂古瓶"，但他不幸摔死了。"天下太平"，成了莫大的讽刺。

《樊家铺》的人生舞台又有了较大转换，小说主人公线子嫂与丈夫小狗子租种了地主的六亩八分田，遇见了一个特大丰收，收了二十五担稻，本应该丰衣足食了。不料谷价大降，一担还卖不到一元六角钱，即使二十五担全部卖光，也仅够偿还春上拿两元六角一担借来的阎王债。一怒之下，小狗子做了土匪，杀了人，被关进了监狱，眼看就要处决了。线子嫂救夫心切，向她的母亲（一个小本放高利贷者）借钱，却遭到断然拒绝。你无情，我无义，线子嫂便杀死母亲，抢了钱袋——残酷的经济危机将正常的人伦道德也彻底摧毁了。

《一千八百担》又不同，它通篇写的是地主阶级内部的钩心斗角，由此反映农村的经济破产如何威胁到了农村上层社会。小说结尾，抢粮暴动的农民冲进了地主老财们议事的祠堂，点燃了阶级斗争的烽火。

《菉竹山房》以一对现代青年人的眼光和视角，描述了一个封建时代的恋爱、婚姻悲剧。开头插叙二姑姑的故事：年轻时与一书生情投意合，野合于后园被人撞见，闹出一幕才子佳人的喜剧，后书生赴南京应考，船翻身亡，二姑姑殉情未果，被书生家接去，抱了书生的灵牌拜了堂。整个故事蕴含着几分仓促、喜剧和荒谬，而后文描述的二姑姑的凄冷生活与此插叙是本质关联的。封建礼教毁了一对青年男女的幸福，使女主人公过了一辈子几乎与世隔绝的孤寂似墓中人的生活。小说主要从环境气氛的渲染烘托中来揭示女主人公的复杂心情："清幽""美致"的篛竹山房是女主人公的现实生存环境，在这里她用麻木和幻想自欺欺人，维持度日；然而，内心对人性本真的希冀和渴求并未泯灭，小说结尾"窥房"一节的巧妙设置即是一个极好的例证。"窥房"对于作为长辈的女主人公来说，虽有悖于她的身份、年龄和情理，却是人性的表现，透露出她在枯寂似坟墓般的环境中生活，内心深处仍有着对人的生活的向往。"篛竹山房"是封建礼教的象征，它不仅蚕食人的身躯，更蚕食着人的内心和精神，制造出一幕幕人间惨剧。

《卍字金银花》讲述了一个凄婉的故事。美丽的青春女性纵有再多的聪慧才情，只因顺应生命本原的律动偷尝了禁果怀了身孕，便被宗族不容，继而抛弃。"我"出于虚伪的"礼教""名义"没有对曾经的儿时玩伴伸出援手，在那个暑气连天的季节里，这个姑娘在野地里待产，最后惨死在废墟之中。在这篇小说里，"卍"字金银花是贯穿始终的意识兴奋点和重要线索，更是一个巨大的隐喻。"卍"在中国人心目中是意味着长久不衰的吉祥符号，金银不消说了，代表着财富，而这"卍"字和金银又都集中在盛开的花朵上。然而在礼教桎梏下，"卍"字金银花却意味着正当人性的缺位。

吴组缃（左）

吴组缃这些生动反映皖南农村破产的作品一问世，便得到了文坛的高度关注和赞誉。茅盾在评《西柳集》时认为，吴组缃"是一位非常忠实的用严肃眼光去看人生的作家"，他"有精密的组织故事的能力"，《西柳集》"展示了全幅破产中的农村"。美籍华人学者夏志清在《中国现代小说史》中，为吴组缃立了专章，他称赞《官官的补品》"采用了一种极大胆的象征方式"，"采用了十八世纪英国讽刺作家斯威夫特的手法"；《一千八百担》"非常巧妙地一口气描绘了至少一打宋氏族人的形象"，全篇有"持续的社会和心理刻画"，表现了"较高的才华"；而《樊家铺》，则"是一篇杰作"。文学史家的评价说明，吴组缃的乡土小说作品确有他的精警超拔之处，不愧为20世纪30年代中国文学的出类拔萃之作。

四

以小说闻名的吴组缃，其散文创作也颇具特色。他的散文创作从1925年的《和大家谈谈可能罢》起，一直到他去世前一年写的《我与二十世纪》止，时间跨度很大，出版的散文集有《西柳集》《饭余集》（含部分小说）《吴组缃小说散文集》《拾荒集》等，但他的散文成就主要体现在20世纪30年代的作品中，大多收在《西柳集》和《饭余集》里。吴组缃的散文笔法独特，叙事性很强，注重人物性格的塑造，具有"小说家散文"的鲜明特色，在20世纪30年代众多的散文作家中独树一帜。

吴组缃30年代散文的主题是"反映出经济衰落社会的一角"中人们生活的真实面貌。正如作者曾经说过的那样："文学这东西对时代、对社会负有严正重大的使命，它该站在当代思潮的前面真实地反映着那个时代'内在'和'外在'，指导或闪示着我们该怎么做、怎么走、怎样生活。"（《苑外集》）在这里，作者非常明确地道出了文学对社会生活的重大作用及其历史使命。由此出发，作者在描绘生活现象时，往往能有意识地把这些现象放在当时的社会背景下，努力表现出这些现象所包含的深刻社会内容，从而使作品成为反映时代、切中时弊之作，表现严肃深刻的主题。

散文《黄昏》就是在这方面为人称道的作品，文中通过描写"我"在家乡一个黄昏的"见闻"，写出了家乡人不幸的生活和悲惨的命运，展示了一幅破败的农村景象，成为当时衰败农村社会的一个缩影。

吴组缃这种主题的散文属写人叙事一类，但又有别于一般的写人叙事散文。一般的写人叙事散文中的人和事，往往只是文章抒情的线索或抒情的触发点，然后由此生发开去，抒发作者对生活的感受和评判，作者在文中并不注重人物性格的塑造和所经历的事件的完整叙述。而吴组缃的散文是以写人为中心，并在文章中注意刻画人物的性格。吴组缃认为，"时代与社会的中心是人"，所以描写人物是写小说的中心，叙事也是为写人服务的（《苑外集》）。他把这个观点运用到散文创作上，认为写人也是散文的中心，写人物如同小说，主要表现为以下两点：

首先，吴组缃的散文注意交代人物经历、见闻或事件的来龙去脉，有较强的故事性和叙述上的完整性。例如《柴》，前半部分叙"柴"事活动，后半部分写劈柴人"江北佬"的情况。作者对"江北佬"的遭遇进行了交代，包括他怎样娶妻生子又妻离子散，最后成为靠卖苦力换饭吃的劈柴人等情况，但这些经历的交代又不像小说那样通过情节结构来完成，而是通过人物自己的口叙述出来。再如《村居纪事二则》分别写了秦嫂子和三驼子两个人物的遭遇，而且都有相对完整的故事，在交代人物经历时，还采用了小说常用的倒叙、悬念、巧合等手法，增强了文章的故事性。在《泰山风光》中，作者没有把笔力放在对泰山风光的描写上，而是循着游泰山的行踪，围绕香客们朝拜泰山这一线索，通过对许多场面和人物的描写，让读者看到了旧社会离奇古怪的人生世态和社会习俗，看到了人间的辛酸与丑恶，看到了"乡下人"精神与物质上双重受难的一幅社会众生相。

其次，吴组缃的散文在写人时，能通过人物的肖像、外貌、神态进行生动传神的描写，刻画出人物的性格特征。在《泰山风光》中，作家着重写了3种人物，无论是衣衫破旧的乡下香客，不择手段敛钱的道士，还是谙熟生财之道的乞丐，作者都采用了形神毕肖的笔墨来描写他们。那守灵官菩萨的道士，在香客还没有来的时候，"温文尔雅，果然很有身份的样子"，但香客一到就不同了，"他一手握着敲磬的木槌，衣袖捋到臂膊上，敲一回磬，嚷一回，唾沫四溅，脸红耳赤"。这一描写，把道士为引起人们的注意，表面上虔诚，实则为敛钱的心理表现得淋漓尽致，把他滑稽可笑的形象刻画得入木三分。

　　吴组缃这种样式的散文，即所谓"小说家散文"，有人认为带有小说化的倾向，甚至有些散文还被划归为小说一类。这种现象，正好反映了他散文最鲜明的特点，写人物与故事如同小说，正是这个特点使他的散文在现代散文中占有一席之地。正如他的小说创作兼备了中国现代小说"为人生"派和"为艺术"派的某些长处一样，他的散文也同样兼备了这两派的某些特征。

　　参考文献：

　　1. 罗雪松：《论吴组缃 30 年代散文创作的"小说家笔法"》，《广西大学学报》（哲学社会科学版）2000 年第 4 期。

　　2. 袁良骏：《吴组缃小说艺术论》，《中国现代文学研究丛刊》2008 年第 4 期。

　　3. 傅瑛：《历史转折关头的探索与创新———吴组缃 30 年代散文创作谈》，《淮北煤炭师范学院学报》（哲学社会科学版）2003 年第 2 期。

十八、子规夜啼第一声
——新月才女方令孺

　　方令孺（1897—1976），安徽桐城人，现代著名诗人、散文家。1923 年留学美国，在华盛顿州立大学和威斯康星大学学习戏剧。1929 年回国后，先后任青岛大学讲师和重庆国立剧专教授，是国内当时少有的女教授之一。1939—1942 年，任重庆北碚国立编译馆编审。1943 年后，在上海复旦大学中文系任教授。1949 年后，被选为上海市妇联副主席。1958 年至"文化大革命"前，任浙江省文联主席。

　　方令孺从 20 世纪 30 年代初开始写新诗，与林徽因一起并称"新月才女"，是"新月派"仅有的两位女诗人。1940年后，诗风由朦胧转向朴实。她的散文文字清新，情感细腻。她是一位善良和智慧的女性，毕生渴望和追求光明与自由，热爱和执着于纯洁而高尚的文学。

　　一

　　1897 年，方令孺诞生于安徽桐城的一个诗礼官宦之家。"在中国的读书人看来，论门望之隆，桐城方氏或许仅次于

方令孺

161

曲阜孔氏。"（梁实秋语）自清代方苞开创桐城派古文流派以来，读书种子历世绵延不绝，其间多有以文名闻于世者。方令孺家族与方苞家族的"桂林方"其实并非嫡系，但居于同一个县城，互相之间往来较多，因此也受到一些积极的影响。

方令孺的祖父方宗诚，是桐城派作家方东树的族弟及学生，曾在曾国藩幕府中任过职，后任直隶枣强县县官。父亲方守敦，是书法家、诗人，自命清高，一生未仕。他有四子五女，长子方时晋，字孝旭，是新月派著名诗人方玮德之父。三子方时乔，字孝岳，现代著名文艺理论家，其子方管，即是著名学者舒芜。四女就是方令孺，排行第九，被子侄辈称为九姑。此外，现代著名诗人和美学家宗白华是方令孺的外甥。方令孺与方玮德、舒芜等后辈感情较深，尤其是她较为欣赏才华横溢的侄儿方玮德，后玮德不幸早逝，方令孺写下了感人至深的散文名篇《悼玮德》。

出身于这样一个家族，方令孺能成为 20 世纪 30 年代享有盛名的女诗人、散文家，不足为奇。她天资聪敏，具有良好的文化修养，待人接物恬静淡然，真诚温厚。她的朋友撰文说她不仅不以门楣骄人，而且根本不愿对人谈论自己的家世，当座中有人一谈起桐城方氏家族，她就会满脸绯红，令人无法再谈下去。不过，她的散文中有《家》《忆江南》两篇，婉转道及家世，恰如人言："所谓书香门第，她的温文尔雅的性格当然是其来有自。"

方令孺童年时非常聪慧，虽自幼丧母，但深得父亲喜爱。其父方守敦将心爱的四女取名为"令孺"，不仅朗朗上口，而且有"听话的孩子"之寓意，包含着一个父亲对女儿的希冀和爱意。方令孺的童年教育多来自方家私塾，方守敦一度延请名师徐中舒，给方令孺等兄弟姊妹讲授《左传》，使方令孺在年少时即接受了较为完整的旧学教育。其时，吴汝纶创立的桐城中学大力倡导新学，又不废旧学，开明的方守敦也把方令孺送进桐城中学受教，这给方令孺开启了一扇眺望新文明的窗口。

尽管得到父亲的喜爱，但在那个时代传统的大家庭中，方令孺也承受了来自家族及社会上普遍存在的男尊女卑观念的压制，虽然方令孺成功抗拒包裹小脚，但在她 3 岁时，就由大伯包办许配了人家。19 岁完婚，丈夫是银行家陈和甫之子、安徽官绅富家子弟陈同甫。婚后育有三女，这一段婚姻并不

幸福，除去包办婚姻的因素，方令孺与夫家志趣不合，无法相融，终至夫妇仳离。关于这段婚姻，方令孺自己日后这样说："阶级虽同，但又彼此轻视，生活、习惯、思维、思想又彼此矛盾。"与丈夫分居后（一直没有离婚），方令孺独自一人过着形影相吊的孤寂生活。梁实秋在《方令孺其人》一文中说她生活极孤独，不喜与人来往，经常穿一件黑色的旗袍，不施脂粉，斗室独居。当她一个人在外面踽踽而行的时候，神态间永远带有一种无法抹掉的哀愁。在散文《家》里，她写道："做一个人是不是一定或应该有个家，家是可爱，还是可恨呢？这些疑问纠缠在心上，叫人精神不安，像旧小说里所谓给梦魇住似的。"多愁善感，欲说还休，却也永远无法解脱。

五四新文化运动爆发后，在自由和民主的巨浪急流震荡下，方令孺开始觉醒，开始萌发对自由与光明的向往，热切追求个性解放。1923年，方令孺赴美国留学，她先入华盛顿州立大学，后又转入威斯康星大学攻读外国文学专业。1929年回国后，她决然摒弃过去那种小姐、少奶奶的寄生生活，开始独立而又艰难地步入社会，自谋其职，自食其力，决心努力争取"创造一个新的世界，新的人生"。

1930年，方令孺回国后寓居南京，在这里，她遇到了一生中最重要的一些友人。先是在侄儿方玮德的介绍下，与新月派诗人徐志摩、陈梦家结识，后又与闻一多、吴宓等相交，并在她位于文德里的寓所里，发起了颇具规模的文艺沙龙。与新月派诗人的邂逅相识，是方令孺生命中的大事件。此后不久，她便写下了著名的书信体散文《信》，这些信是写给新月诗人、她的小朋友陈梦家的，在当时产生了较为广泛的影响。

这一年的夏天，方令孺受聘于国立青岛大学，任中文系讲师，成为20世纪30年代初期国内为数甚少的几名女大学教师之一。在青岛，方令孺与闻一多、梁实秋、赵太侔、沈从文、陈梦家、孙大雨等大批文朋诗友交游，一时间，谈诗论艺，猜拳行令，"吟唱酬酢"；方令孺作为聚会中唯一的女性，被戏称为国立青岛大学文人圈里著名掌故"酒中八仙"里的"何仙姑"，其实她并不善饮。

在青岛的两年，方令孺度过了她一生中最快乐的时光。方玮德称方令孺为"九姑"，陈梦家也跟着叫，后来这个名称就慢慢叫开了。巴金在《怀念方

如诗如画的青岛

令孺大姐》一文中说："一般熟人都称她'九姑'。靳以也这样称呼她。"巴金等都称她"九姑"，梁实秋说："大家都跟着叫她'九姑'，这是官称，无关辈数。"在国立青岛大学任教期间，同新月派诸人的接触和交游激发了方令孺的创作热情，她写新诗、写散文，艺术风格以清新秀丽、聪慧细腻见长，以"新月才女"闻名于世。

在现代作家中，有的作家作品浩如烟海，可谓著作等身，而有一些，却以极少的数量赢得生前身后名，方令孺就属于后一种。方令孺生前只有1本散文集，身后有3本散文集。

经靳以推介，她生前唯一的散文集《信》于1945年由文化生活出版社出版。这个薄薄的小册子以其代表作《信》为主体，收入了方令孺的8篇散文，后被列入巴金主编的《文学丛刊》第7辑，在现代文学史上占有相当重要的席位。

方令孺身后的3本散文集分别是《方令孺散文集》（台北洪范书店1980年版）、《方令孺散文选集》（上海文艺出版社1982年版）、《方令孺散文选集》（百花文艺出版社1992年版）。从创作实绩来看，凭借诗人身份出名的方令孺却以散文成就更高，但全部数量也不过 20 多篇，且时间跨度很大，前后有 30 年。

二

方令孺的作品散发着一股浓浓的书卷味儿，有着桐城文派清正雅洁的底子，更有一种五四时代独有的大家闺秀气质，还沾染了一些异域风情，娓娓道来，幽雅精致，亲切动人。

在 20 世纪 30 年代开始文学创作之前，方令孺一直囿于家庭的樊笼之中，过着相夫教子的生活，不消说接触社会，连走出家门的机会都很难得。虽然后来经历了 6 年的旅美留学生活，开始接触社会人生，但也局限于知识分子狭窄的生活空间。或许与身世和阅历有关，她的作品中最动人的是那些抒写对已逝朋友亲人悼念的文章，如悼念徐志摩的《志摩是人人的朋友》、悼念侄儿方玮德的《悼玮德》，以及多年后悼念靳以的《青春常在》等篇。这些文章饱含深情，痛彻心扉，读来令人心碎。即便是悼念性的文字，方令孺的散文也具有诗歌的特质，在诗一般的意境里追思、痛惜、缅怀朋友。这也许是因为作者本身是诗人，而所悼的对象也是诗人的缘故吧。在《志摩是人人的朋友》中，写到徐志摩不幸遇难后，几位朋友一起开追思会。"那时候，房里已浸透了青蓝的光，半轮冷月挂在带几片残叶的树枝上，一阵乌鸦飞过，一屋的人都沉默了。"这样凛然的一笔，给人的心境抹上了凄凉的色彩。

方令孺的侄儿方玮德才华横溢，一直和九姑亲厚，既是亲人，也是挚友，还是方令孺文学之路的领路人和激励者，却不幸英年早逝。消息传来，方令孺怎么也不敢相信。在这篇散文里，方令孺提到了玮德对她的精神慰藉："你这种可爱的态度，不知多少次把我从消沉里提起来；你给我

方令孺之侄方玮德

165

的信总是激励我，（鼓起沉重的翅膀向高处飞），慰藉我，（生活上没有苦味菜里无盐），且希望我将来在文学上要有所树立。"方令孺痛苦地呜咽着，呼喊着，追忆着，将一个聪明、灵秀的诗人从童年到死时的情状都呈现在人们眼前，通篇依然是清丽的文字，仿佛冰雪覆盖下的泉流。萦绕不去的是作者无限的不舍、怜爱与痛惜之情。

不过，方令孺散文最具代表性的还是那篇现代文学史上著名的《琅琊山游记》。在这篇充满着诗情画意的美文里，她将自己见到的高山深壑中的日光、朦胧的云雾和月亮、飒飒的树叶、潺潺的溪水、古老的庙宇、深邃的山洞，加之鸟语与蝉鸣，把山林幽静表现到了极致："山中的夜是多么静！我睡在窗下木榻上，抬头可以看见对面的高崖，崖上的树枝向天撑着，我好像沉到一个极深的古井底下。一切的山峰、一切的树木都在月下寂寂的直立着，连虫鸟的翅膀都不听见有一声瑟缩。……我凝神细听，不能入寐。隐约看见佛殿上一点长明灯的火光尚在跳跃，因想起古人两句诗：'龛灯不绝炉烟馥，坐久铜莲几度沉。'"这种对于山中夜景细腻入微的描绘和体悟，真是到了出神入化的程度。

三

方令孺最早的一本散文集《信》，为许多读者所爱读，是现代书信体文学中的精品，由 10 篇组成，按时间可以分为两组：前 5 篇为一组，写于 1930 年；后 5 篇为一组，写于 1939 年。《信》中 8 篇散文基本能体现方令孺早期的创作特色。从题材上看，方令孺在新中国成立前的散文可以说是根植于"自己的园地"（周作人语），多写个人生活、亲朋和自然等，在内容上呈现出强烈的个人色彩。两组信件细致地展示了作家两个时期个人的生活情形以及心灵的挣扎。与其说这是方令孺的私人信件，不如说她是借信件这一特殊文学体裁描绘一己生活，畅谈个人心境。这些书信在内容上绝少提及包括收信人在内的他人，纵观全篇，充斥着大量的"我怎样"的句子，体现出很强的排他性，更像是写信人自己灵魂的独语。即便是在游记中，方令孺也不是纯粹的写景，其中掺杂了大量的个体私密性情感的书写，比如在《琅琊山游记》中，她写道："我真想自己也有这样一个'野人'的家，在深林里傍着泉水，昼夜听的是风动竹叶飒飒的声音，流水潺潺的声音，并且一生不遇到一辆'朱毂'。"从中既可以看出作家对于恬淡自守性格的传神描绘，也间接体现出她身陷于人生低谷中的消极和无奈。

对于这种人生方式以及创作状态，方令孺长期以来深感迷惘，这种无奈可以说从 1930 年她登上文坛之时便伴随着她。此后近 10 年的时间里，方令孺经历了情爱的挫折、病痛的折磨、亲友的离世，以及生计的艰辛等一系列人生变故。直至抗战时期，在经受了个体和民族的生死存亡重大考验之后，她终于顿悟自己长期以来在时代生活中所处的边缘地位，以及对于未来人生的重新思考与定位。

我们仍然沉迷在自己的梦里，为了这可怜的梦的纠缠，我们疏忽了这伟大的时代，更淡漠了对于他们的感情。等有一天，时代的伟迹跟着时光消逝，自己只感觉到不过是从这边沿上滑过。

实在我并不怕一个人走向荒原去，做一个时代摒弃了的人，可是就现在这样抓住古老的情调，将来仍然是这样，就是我们对于生存的意义不管，生活究竟又给了我们什么？除非我们是存心享受这点古旧的，被人摒弃的苦味，不然就不能怪日子度得这样空虚，永远带着呻吟活下去。怎办？还是这样过，还是改？

这两段文字出自于《信》的后 5 篇，从时间上看是 1939 年方令孺逃难至重庆北碚时期，既展示了作家战争时期的特有心态，也体现出方令孺对于以往人生观和文艺观的否定以及融入时代的渴望。

四

新中国的成立，再一次激发了她的创作热情。从 1958 年至 1966 年，方令孺发表的诗文不下数十篇（首），内容深广，感情昂扬，表现出对党、对人民、对祖国拳拳的热情，文笔更趋质朴与平实。这一时期可谓方令孺的又一个创作高潮期，其代表作有《在山阴道上》《青春常在——悼靳以》等。方令孺最终如愿融入时代大潮中，她不再写个人的情感，转而写新的社会生活，完全失去了早年创作的私人性特征，在情感表达方式上也由婉约蕴藉转变为亢奋直白，在文体形式上也由多样性走向单一性。

毕其一生，方令孺的作品虽不多，但有其独特的艺术个性特色，所以能够如同彗星横空，留下一抹光华，给人难以忘怀的印象。

参考文献：

黄艳芬：《方令孺的散文创作——兼谈方令孺散文集的三种版本》，《合肥学院学报》（社会科学版）2010 年第 1 期。